U0002957

手柄解鎖

遊戲詩歌集

GAMER
PLAY&WIN

作者・米高貓

出版緣起 >>>>>

　　著名未來學家、TED大會新銳演講者簡‧麥戈尼格爾曾在自己的著作《遊戲改變世界》裡說過這樣一句話：凡是看出風暴即將來襲的人，都應該提醒別人。下一代或下兩代會有數量更多的人，甚至會有好幾億人沉浸在虛擬世界和線上遊戲裡。數以百萬工時的人力從社會中抽離出去，必然會發生點什麼超級大事件。

　　在當下這個時代，這則預言似乎已經以越來越快的速度變成了現實。當「增強現實」「元宇宙」這些宏大概念緊隨科技的發展越來越清晰地在世人眼前呈現出其具象的形態時，我們所身處的這個世界，某些東西似乎也已經被悄然改變了。我們越來越接近「科技背景下的遊戲世界」之中的人生狀態──當我們處於遊戲世界時，我們覺得我們可以做最好的自己；虛擬世界的互動機制讓我們很願意去幫助別人；即時回饋的獎勵，讓我們能持之以恆地解決任務目標。我們每個人，都擁有著雙重或多重身份，而當我們將自身的功能壓縮時，與過去相比，

同樣的單位時間裡，我們體驗到的也是超時空的人生體驗和濃縮度密度頗高的自我感受。

與此同時，我們曾經身處的那個魔幻現實主義也被新的魔幻現實主義所取代，我們過去長期熟悉的那個由鬼狐山魈、瓜棚豆架、百鬼夜行的夢境囈語所組成的美學世界，如今切入和引進了借由鋼鐵、金屬、暗黑、賽博朋克、資訊時代的美學背景，隨之而來的，是反抗未知的命運和探索宇宙盡頭或光明或暗黑的力量的文學隱喻。

手柄解鎖，萬物相連。過去與現代，神話與科技，這近似於神性的宗教輪迴觀和類似於神跡的科學技術觀在人間初次碰撞，便已然掀起了新時代的巨浪，而遊戲與詩歌，這兩重對生命本質規律的模擬形式，這兩種最新潮與最古老的藝術形式的結合，當它們同時融合了古代輪迴觀和現代科學觀時，必將展開具有時代意義和文學意義的雙重探索。

懸疑電影、超時空之輪、機械怪物、忍者、歷險、寧靜與新生，天地創造、惡魔城下、太空頻道、星際爭霸、VR，當這些意象在被讀出來時，一個栩栩如生的幻想世界便在我們眼前成型。

在這些幻想世界裡，我們曾化身白狼，曾看見國王的隕落，聆聽過蒲賽拉的歌聲，踏遍無數個世界尋找希里。

在這些幻想世界裡，我們也曾在薔薇和丁香之間做出抉擇，和雷吉斯在月光下對飲，在暮光的葡萄園中等待遠道而來的訪客。

在這些幻想世界裡，我們也曾在致遠星上掩護秋之柱拔錨啟航，曾看見星盟把大地燒鑄成玻璃。

我們曾和隊友在星際之間並肩作戰，看見洪魔在吞噬，背負著命運的詛咒，接受來自先驅的衣缽。

那些我們曾在另一個世界經歷過的盛大的冒險，需要被紀念；那些感動過我們的英雄，那些因為年少而錯過的人和事，需要用這些具體的文字來銘記。

我想，正是因為有了這樣內在的熱烈，作者才在這部作品之中，以詩歌的形式將這種內在的熱烈表達到了極致，將藝術才華和勇士的冒險與探索精神也發揮到了極致，所以才有了這部同時融合了冒險家的激情、藝術家的天真與感性，以及極客的先鋒與尖端的作品《手柄解鎖》。

其實，這幾年，遊戲雖然越來越被人接納，但是仍然還有許多人對遊戲抱有偏見。其實，作為藝術和規律的一種新型載體，好遊戲如好電影一般，也是融合了美學背景、世界觀、策略思考、人生情感的優秀表現形式。從情感上貼近這個曾經影

響了我們人生的重要部分，從細節上描繪這個曾經佔據了我們青春的藝術形式，從文學形式上呈現這一個個曾經帶給我們感動與淚水的幻想世界，用文字的力量將這些情感傳遞給世人，或許，就是作者寫這本書的真正的意義。

雖然在表述時，作者或直抒胸臆，或長篇敘事，或借助文學隱喻，或呈現出現代與後現代的敘事手法，但是歸根到底，閱讀這些詩歌時，你能深切地感受到到每一首詩歌文字背後那份真實、動人的情感力量。

痛飲虛空之物，跨越沉默之河，鍛寫血滴般的詩歌。謹以此文，紀念《手柄解鎖》定稿出版。

有人曾說過，在這個時代，寫詩是野蠻的。

　　說起來，這幾年，我也陸續創作過一些作品，嘗試過很多藝術形式，包含雕塑、小說、漫畫等等，也嘗試過很多類型，涵蓋科幻、武俠、神魔等，但是出版詩集，還是以遊戲素材為描寫對象的詩集，於我而言仍是第一次。

　　之所以要寫這樣一部作品，出版這樣一部詩集，原因主要有以下三點：一是因為，詩歌是人類最古老的藝術形式，也是最能傳情達意、表達自我情緒的藝術形式。當我在寫下這些詩歌的時候，我的回憶和思緒，常常會被帶回到當初認識這些遊戲的場景之中，那些或澎湃或激動或感動的情感，也切切實實是真實存在過的。二是因為我的確真實熱切地熱愛藝術，只要我內心還有這種熱情，這種藝術創作的熱情和對各種藝術形式的探索，就永遠也不會停止。三是因為那些遊戲曾經在我的青春之中佔據過重要地位，所以我一直希望能用一個合適的形

式，將這些幻想世界的盛大冒險記錄下來。

其實，在如此浮躁的一個年代創作詩歌，好像沒有什麼重大的意義。但是，在我的觀念裡，不是什麼事兒都一定要有意義，就像我在遊戲裡的那些經歷，為那個世界產生的情緒，在那個世界裡得到的啟示。它發生過，它過去了，它點燃過一些人的靈魂，這就夠了。

創作這些詩歌的時間跨度很長。有時候寫得很快，彷彿全世界都在我的腦海之中，現在我經常要把自己的想法寫在紙上，可能兩天前的想法要不記下來我就會忘了。有時候寫得很慢，需要反覆體會那種被藝術體驗啟動的情感，反覆揣摩文字，找到最合適它的準確詞彙。

當然，在寫這些詩歌的時候，我也有了一些新的創作體驗。把一些科技的、現代的後現代的、幻想的、賽博世界的意象提煉，把一些故事裡的英雄形象、背景美學、情感片段提純，並組織在合適的框架裡，於我的創作而言，是一種全新的考驗。過去的那些作品之中，我有時候會嘗試通過回顧歷史來觀察我們現在的世界，在書中探討歷史如何照進現實。有些時候，則是在試圖展望未來，雖然未來的形狀在我的頭腦中非常模糊，就像透過迷霧看世界的感覺。

而這本《手柄解鎖》沒有回顧過去，而是試圖以未來世界

審視當下。不管是以什麼樣的形式呈現，遊戲世界對活在現實之中的人而言，始終是一個陌生化的世界，是一個被美學賦格過的世界。雖然它的存在是具有現代意義的，但是它仍然是從歷史之中走來的，我們人類在過去的歷史之中，其實一直側身真實與幻想之間，而現代遊戲，正是真實與幻想結合的一種全新表現形式。

在當下這個時代，當「增強現實」「元宇宙」這些宏大概念緊隨科技的發展越來越清晰地在世人眼前呈現出其具象的形態時，我們所身處的這個世界，某些東西似乎也已經被悄然改變了。我們越來越接近「科技背景下的遊戲世界」之中的人生狀態——當我們處於遊戲世界時，我們覺得我們可以做最好的自己；虛擬世界的互動機制讓我們很願意去幫助別人；即時回饋的獎勵，讓我們能持之以恆地解決任務目標。我們每個人，都擁有著雙重或多重身份，而當我們將自身的功能壓縮時，與過去相比，同樣的單位時間裡，我們體驗到的也是超時空的人生體驗和濃縮度密度頗高的自我感受。

而閱讀詩歌時，那種令人心旌神搖、情緒癲狂的感受，和遊戲在虛擬世界帶來的精神滿足和極致體驗，在某種程度上，有些異曲同工之妙。因此，借由詩歌這種形式，打造夢境囈語所組成的美學世界，如今切入和引進了借由鋼鐵、金屬、暗黑、賽博朋克、資訊時代的美學背景，隨之而來的，是反抗未知的命運和探索宇宙盡頭或光明或暗黑的力量的文學隱喻，正

是我寫下這本書的原始動力。

奇蹟是否可信，是否科學，對於我來說並不重要，我要做的只是在呈現哪種情感上做出選擇。

痛飲虛空之物，跨越沉默之河，鍛寫血滴般的詩歌。過去與現代，神話與科技，近似於神性的宗教輪迴觀和類似於神跡的科學技術觀相遇於當下這個時代，必以詩歌以記之。

手柄解鎖，萬物相連。

目錄
CONTENT

目錄
CONTENT

12

目錄
CONTENT

目錄
CONTENT

上 篇 >>>>>>

PLAY

GAME

《懸疑電影》

最近我的記憶不太好，

猶如黃花脆了夕陽，

美麗在中途斷片，

仔細回想，

只剩昨日模糊的輪廓。

但也不是沒有清晰的時刻——

一杯冰咖啡，

淺黑的色澤，

刺激的冰塊，

記憶的神經在跳動，

彷彿回到了：

那個可以用舊報紙來形容的九十年代，

一個穿著風衣，臉上毫無生氣的年輕人，

手裡拿著一份企劃案準備來到某公司應聘。

他的眉眼裡寫著對生活的疲憊，

對希望的麻木，

對未來的無知。

唯有的，是對手裡企劃案的自信。

可惜，人生往往就是比想像中的還要殘酷，

他等來的都是拒絕。

我也差點看不到關於死亡最好的演繹。

......

我是洛杉磯某醫院的院長千金，

有一天我被通知父親在醫院裡瘋狂殺人，
當我趕到醫院時，
意外穿越到一個神秘的古堡。
我進入熟悉的大廳，
在牆上看到了父親的影像，
父親很著急地勸我離開這裡，
我不知道發生了什麼，
但當我回到大門時卻推不開了，
門口的螢火蟲帶我進入另外一個空間，
幾乎是一秒之間，
我看到了一個穿著華麗的婦人正在用餐……
忽然間這個婦人又消失了，
等到我往右邊走來到樓梯處，
踩著吱吱呀呀的樓梯上來二樓，
盡頭處推開的門，
看到了掛在牆上的無數具死屍！
我嚇地關上門胡亂地衝進了一間休息室！
鬼使神差地，我打開了櫃子的抽屜，
我只獲得了一張白紙，
我並不知道這張白紙有什麼用，
可我還是先拿著，再在壁櫥裡拿了一把鑰匙，
來到一樓的餐廳。
白紙放進裝滿水的盆子，
神奇的事情發生了……
白紙上出現了記號。
而這熟悉的記號指的是剛才拿白紙的櫃子。

四周很安靜，

像有巫婆躲在黑暗中將聲音都吃進了肚子，

我的後背發出冷汗，

我的心跳的很快，

回到二樓重新打開櫃子第五個抽屜，

一個六角旋轉把手出現在我的眼前……

一個接一個的線索，

引導著我發現一個接一個的謎題。

不知道這深不見底籠罩在黑暗中的古堡，

到底藏著什麼，

但強大的好奇心驅使著我，

去抽絲剝繭、

去探索未知。

詭異的臥房，奇怪的人頭石像；

動物轉盤通往的武士地道；

彩繪玻璃，漂亮的庭院；

切換幻象的螢火蟲；

懸疑叢生，恐怖實景。

當我看到那雙淺黃色的眼睛，

赫然發現我只是觀眾，

而不是這院長的千金；

觀眾和扮演者的角色對調，

會因為突然聲臨其境的音樂，

變得模糊起來。

這是一場激動人心的電影，

主題是懸疑，

過癮的是我這個參與式的觀眾。

哪怕多年過去，

明白這是播放式的遊戲，

我也仍然相信它給我的冒險實感。

我想，概念不重要，

體驗很重要。

就像路邊的花，

叫不上來名字又何妨？

美到我的眼睛，

就足夠了。

《駛來》

呼嘯而過的風，
是刀子一樣的利刃，
刮開人的臉，
看到平時虛偽的面具；
刮開人的心口，
看到內裡的腐爛和疲憊；
刮開人的雙腿，
看到生活裡的卑躬屈膝和勇敢承擔。
聽聞天上有神，
看人間百態，
數十年的光陰是彈指一揮之間，
快慢只是人間的計步器，
天上不存在快慢。
人走路，是慢；
人跑步，是快；
人坐車，是慢；
人飛天，是快。
我體驗過的一種極致，
是來自摩托上的飛馳。
用身體去撞開前路的風，
破開天上的流雲，
讓世界分成兩邊，
我是最中間最閃耀的存在，

我把握著很重的車頭，
我的背弓成一道蓄勢待發的弓箭，
我聽著耳邊肆意的獨有的喧囂，
我不必太清楚地看到風景的全貌，
我只管一件事──
前方沒有障礙物，
不會阻擋我前進的方向。
我的背上，彷彿長了一雙翅膀，
帶著我翱翔出一切的條條框框和束縛。
我想，
我喜歡這種感覺。
哪怕後來，這種感覺讓其他人也貪婪地喜歡上，
並和我爭奪最中間的位置。
如果不想偏離軌道，
如果不想被放逐到城市的邊緣，
我不能退讓，
面對旁邊競爭者的打擊和騷擾，
我要以牙還牙，
以血還血！
我要踹開他們的挑釁，
我要拿起棍子適時地反擊，
我要加速掙脫掉他們的包圍圈，
我要用重力感應來控制方向、穩住重心！
除了速度的快感，
還有征服的快感──
看著他們試圖和我並肩，

卻飛出了車子之外，

在地上打滾脫靶，

華麗的重型機車像倒下的野馬，

再也爬不起來。

在馳騁中擴大版圖……

天哪，

你可以想像得到那種激情的心跳嗎？

不，你不能想像。

你要親自感受一下！

當你如魚得水這種環境，

你就會逐漸觀察到周圍的街道格外乾淨，

鋼筋水泥間的摩天大樓錯落有致，

你踏著灰藍色的路面，

遠處的清澈像美女飛舞的裙擺，

你的快樂，

妙不可言～

側壓，

膝蓋擦地，

往左傾斜畫圈和其他人拉開距離，

往右飛踢，

有多遠滾多遠去。

迎面而來飛馳的車輛，

有些蒙的過路行人，

三二一之後通通給我讓開，

任何試圖想要對我不利的人，

都不過是飛揚塵土裡的一顆砂礫！

不值一提！
踏入無人追逐的空地，
飛過田野，
重重地落地，
看到我帥氣的身影了嗎？
沒錯，
我在向你駛來！

《跳躍以降旗》

回眸，是老者的習慣

年輕的孩子才不會回頭呢

他們忙著奔向前方

我在想

不見得最美的就是日新月異的變化

留在青春記憶中最深刻的

譬如

看過的第一場雪

第一抹斜陽

第一次圓月

第一份和記憶結合的一切

以及第一回看到一個戴著帽子

穿著工裝褲的小兄弟

他很幸福

他有一個女朋友

是位可愛的穿著粉色裙子的小公主

可是又有點不幸

這位女朋友被大壞蛋劫走了

工裝褲小哥哥要去解救他的女朋友

他要躲開食人花的吞沒

他要跳得很高去頂蘑菇

他在無助的時候還會邀請他的弟弟來幫忙

他跑得快

弟弟跳得高

合作的力量真是美好啊

越過千萬座綠山

跨遍無數的障礙

只為見到最心愛的人

有期盼的感覺真是美好啊

如果只是救到小公主就結束

或許他的人生就沒有那麼精彩

連帶著我的青春也少許了空白

還好

優秀的人都不會停下奔跑的腳步

有一天

他做了一個奇怪的夢——

一扇延續著長長臺階的門開了

有一個微弱的聲音對他說

「歡迎來到夢的王國……

我們被瑪姆一族的魔法折磨著……

請救救我們吧……

請把瑪姆打倒

請歸還我們原來的模樣……」

於是第二天他帶著小公主和弟弟去郊遊

來到山上的小洞穴

果真就看到了夢的入口

是的,他又踏上了旅程

迎接他的是更難纏的攻克關卡

毒蘑菇、瘋狂的吐蛋、倒水管、颶風模式、彈力彈簧……

他必須要跳得更高，跑得更精準才行！

他要以更大的力量打倒 BOSS ！

他要解救出那個聲音！

重重難關，步步謹慎

上天不會辜負努力的人

但也不會輕易放掉努力的人

他迎來他人生最終極的敵人

那隻背上長刺的大烏龜

這一次這個壞蛋不僅劫走了他的小公主

還讓世界各國的國王都變成了動物

他準備了大炮、坦克

他壞笑地要看他失敗

可他是誰？

他可是帥氣又無畏的工裝褲小哥哥！

他背水一戰，也不忘收納風景

他旅途艱辛，也不願哭天喊地

沙漠國、冰之國、雲之國等等世界風光

他切變各種模樣去適應每一處的艱難萬險

他可以是浣熊

可以是狸貓

更可以是錘子

需要欺騙敵人的時候還是地藏菩薩

抵擋火焰穿上甲殼

幹掉敵人穿上巨靴

他不再是那個最初憨厚的他了

卻依然是最初那個簡單的他

他在成長

我陪同他一路成長

我依然認得他

在我的眼裡

我們是一樣的

都是生活裡最勇敢的人

所以我想對他說

加油吧！

在你的世界裡繼續戰鬥

我也會在我的世界裡繼續精彩

加油吧！

每一天的精彩

《特別的一道光》

墨黑，潔白，
鮮明的對比反差，
是那美麗的月亮；
散開一層朦朧，
輕易散不開去，
於是，有很多故事在悄然發生……
碧綠竹林，古舊村莊，
陡峭的屋簷上危險一觸即發，
一名忍者潛入廢墟的混亂之家，
偷襲武士藍蝦。
死亡的氣息穿線而過，
收集的箱子裡有陷阱，也有助力，
手裡的劍時而如蝴蝶飛舞；
時而像火焰重生裡的魔獸；
回歸到最後樸素的樣子，
都充斥著主人的隱忍和憤怒。
閃電護盾，火柱滾動，
浮身之術，靜候待發，
組織裡派出的戰士糾纏不休，
不惜用微塵來同歸於盡！
我佩服他一身簡單衣袍，
就是萬里戎裝；
我佩服他穿過夜色砥礪晨光，

通過瀑布，來到東京的大樓頂部；
我佩服他在廢棄的停車廠，
和守衛這裡的智慧型機器人進行一對一的決鬥；
我佩服他來到都是機槍圍堵的紐約碼頭，
潛入集裝箱船內體力不衰；
我佩服他歸來成長，
馬戰，水鬥都如涅槃重生；
揮劍時的肆意瀟灑，勇敢果決，
即便是對手高大出兩倍的壯碩，
白衣紅袖間的衝鋒──
就是所有膽怯的答案。
瀑布之間的橫截鐵索，
廣袤草原上的縱馬奔馳，
大海上踩著遊艇乘風破浪，
敏捷靈活地穿梭在彎曲的水管迷宮，
遇神殺神，遇佛殺佛的果敢，
只為一個目的：
尋找到自己的未婚妻。
盡可能地不放過任何一個線索，
重逢的機會。
逐漸地，慢慢地，
他的肩膀變得偉岸，
他的眉眼被歲月和荊棘勾畫成鐵面無情，
水霧泡，更複雜的環境裡，
渾身燃著火焰的敵人，
法術下困囚在絕望中。

電閃雷鳴，

天地混沌一番顛倒後，

青澀的忍者站在了懸崖巔峰，

像一個從頭至尾都沒介入其中的旁觀者，

看著遠處的毀滅，

他勝利了，

但從此也立在了孤獨的畫框裡，

成了別人嘴裡的故事，

心裡的滄桑，

以及月光和日光交替中的，

特別的一道光。

《抱有信念的普通人》

微微，渺小，
我在芸芸眾生裡是這樣；
天上最亮的那顆星，
再燦若星火，
也只是其中的一撮光輝，
它是它們芸芸眾生裡的那樣；
我披不上光芒，但可以想像身後有翅膀。
小時候，
老師粉筆拋出的白色拋物線，
翻來覆去都是那些知識點，
坐下下邊的小腦袋瓜裡怎麼也裝不進去，
因為他們的心思飛去了不切實際的天邊，
故地重遊昨晚的夢。
夢裡的無數可能性，
比老師上課有意思多了──
可能銀河聯邦的空間站，
送進去一個機器人需要被研究，
可能這機器人剛送進去不久，
就出了緊急情況？
啊，原來是機器人被宇宙海盜偷走了，
得找回來！
空間站會留下一些蛛絲馬跡的線索，
於是順帶地，

發現了之前沒有發現的新領域，

發現了墜落的飛船和流沙地帶。

飛船墜落前發生了什麼事件值得追溯；

流沙地帶曾經吞沒過什麼引發好奇；

被帶走的機器人已經被改造的物是人非，

可是記憶就像是荼蘼，

只要一點點熟悉，

便能綻放成姹紫嫣紅。

面對曾經帶他去到空間站的故人戰士，

還是認了出來。

玻璃容器破碎，壞蛋現身，

機器人為了救故人，吸納壞蛋身上的能量，

將其轉移，

機器人的可愛和單純到底還是被邪惡所侵蝕——

他死了。

故人哭了。

通過悲傷的眼淚，

可以看到：

機器人是怎樣變成球，

在鳥人族雕像上啟動的機關，

可以看到：

強力炸彈破壞玻璃通道開闢的新路線。

機器人在停止生命前，

奮力一搏的畫面好是精彩。

褐色棕毛的鳥人站起來，

比戰士高大不止兩倍，

可那又怎樣？

把炸彈還給他，

把傷害還給他！

在封閉的空間裡，

在遍地的荊棘中，

在混沌的紅海上！

有時候，超級戰士不是一個稱呼，

而是一個信念。

穿越山海，

打倒萬千的信念！

老師的粉筆頭，

不偏不倚地落在了做夢的小孩頭上，

他那雙大眼睛戀戀不捨地從天邊收了回來，

好吧，

下一次再繼續，

跨越銀河，屢創奇蹟的戰神，

是你，是我，

是抱有信念的每一個人～

《殊途同歸》

巴黎的廣場，
菩提樹下的大道，
永遠把時間鑲嵌成悠閒的油畫，
人們愜意地走在裡邊，
四方廣場走的完，
走不完的是好心情。
夜色下，
建築師的設計和心血，
是閃閃發光的瑰寶。
它原先沒那麼漂亮，
原先也經過哀傷。
美麗的披風能夠在起風時飛揚，
是歲月饋贈的故事。
傳說中的嘉魯帝亞王國，
一個叫莉妮的廣場，
有兩個少年少女一起手牽著手，
像無數的群眾，
可能要商談等一下的下午茶去哪兒喝，
菲亞家的蛋糕好不好吃，
忽然遇到好朋友要展示的傳送門，
少女好奇地站上試驗台，
等待下一秒可能出現的奇蹟，
失控發生，

少女不見在異次元中，
少年只拾到少女脖子上的項鍊，
他幾乎沒有多想，
追著少女跳入洞中。
奇蹟真的發生了，
是充滿意外的世事無常。
四百年的從前，
奔向被忘卻的曾經，
遙遠的未來變得更加遙遠，
時間的盡頭觸手不可及，
宏大的序幕緩緩拉開，
少年的臉上是未知的忐忑、
是自我鼓勵的勇氣。

很多事，
看似是偶然，
實則是必然。
天，水，火，冥。
少年是天，
擁有熱情和善良，
少女是水，
厭倦了皇室生活的叛逆公主，
知道自己想要什麼，
追求的是什麼，
用手裡的十字弓射中那些討厭的、喜歡的。
不依附，超獨立，
印在骨子裡的高貴是別人學也學不來的。

還有，
那位不小心製造了「失控」的冒險發明家，
遇事冷靜，性子是火。
之後和發明家有緣認識的工業機器人，
被修復後，
加入了一起冒險的隊伍。
他們要在這混亂的中世紀殺出一條血路，
可是，毀滅世界的力量太強大了，
哪怕是強力魔族頭領也無法抵擋，
為了大局，
大家暫時放下成見，
握手言和。
神秘的古堡，莫測的機關；
混沌的敵軍，難纏的對手。
一人不行，團隊頂上。
哪怕遍體鱗傷，
嘴角上揚仍可以回頭以望，
這就是團結的力量。
剛剛開始，還不能說在路上。
嘿，看看腳下，
我們已經在路上～

《輪軸與火箭筒》

那陣陣爆炸聲

可曾聽過？

你一定聽過的

你可以是 Decker 上校

可以是 Bob 中尉

可以是 Quint 軍士

還可以是 Grey 下士

其實你只是選擇了同一個身份

那就是勇士

唯一的目的就是讓你的戰友重獲自由

突破敵人的防線

穿越敵方的火力

炸開大門救出俘虜！

但將俘虜送到指定的接應直升機上才算是真正的大功告成

每一次披荊斬棘都代表著每一次浴火重生

在護送戰友擁抱自由的同時

讓我獲得更強的火力、更多的寶物

以便在下一次解救戰友時發揮更好的效用

必須承認

這聽起來很酷

過程很艱苦

炮臺，坦克，戰鬥兵，內河炮艇，轟炸機……

被圍攻被夾擊被射爆

撞到石柱和障礙牆
回頭！回頭！
躲開密集的槍林彈雨
後退再前進！
不行，吉普車開得太慢了
必須加速！
沼澤間的狹窄通道
需要小心駕駛，不能撞到！
天哪，闖進去的房間是關押著武器射手的
不能盲目進入否則會被重型坦克無情碾壓！
前方基地兩邊的坦克庫看到了嗎？
會不斷駛出坦克
坦克庫上方還有炮臺保護
必須先銷毀上方的炮臺
鐳射炮，火焰炮的確可怕
但四面開花的火箭彈在手
勇敢地上吧！
哪怕遍體鱗傷！
只要有戰爭就會有犧牲
只要想得到就得先付出
沒有那麼多的迂回
沒有那麼多的詭譎
前進和逃跑
做個選擇而已
戰友們在海邊等待著我的光榮出現
再堅持一下

勝利就在前方
最後的我，太想感受到直升機的螺旋槳
把風吹到我臉上的
放肆的歡呼聲

《直面機械怪物的忍者》

我想起了一個朋友

並肩作戰的畫面

我們並不是從一開始就默契

我們並不是從一開始就是大海和海鷗

時間做基石

積澱著我們的感情

時間做老師

提高著我們的成長

有一天，我朋友問我

嘿，你說我們像不像疾風和楓？

疾風和楓

一個藍衣，一個紅衣

他們要一起對付共同的敵人

邪惡的加爾達王

他們的武器是忍刀和鐵鍊

忍刀是近戰的便捷

鐵鍊是彌補攻擊遠處的不足

也不能忘了附加的飛鏢和地雷

每加一種

就可以增加三級

與此同時福禍相依

若是受到傷害

就不只是原來簡單的止損

小心

再小心

B 鍵按住

血格跳動

絕招待發，不可受傷

否則就是損兵一萬，自損八千！

當疾風和楓合作無間

當幸運之神降臨而下

就會看見寶物

一同強大

知道他們之間的特殊密碼嗎？

我知道

AAAABBBBBABABABAB

一個特殊的聲音響起

那就是成功進入特殊密碼的效果階段

2P 的 B 鍵開始選關

自主地冒險

無懼從洞裡鑽出來的機械蛇頭

不斷地攻擊

堅持就是勝利

高科技裝甲車

二話不說直接丟地雷

也有麻煩對付的骷髏武士

下蹲攻擊

除非打到核心

否則就會原地重裝

絲毫不影響戰鬥力！
會飛會發射鐳射的鳥人
一開始無從規律尋找而起
只有等它靠近，近身衝擊！
小心被他抓到！
小心被他攻擊！
好，一擊即中！
天哪，實在太酷了！
終於來到老怪的終極地盤
兩邊的惡龍兇神惡煞
不過還好
疾風和楓有彼此兄弟的後背
老怪的裝甲很厚
要奮力搏殺才能初見掉血
衝擊的放飆
疾風說：楓，做我的支持！
楓說：疾風，小心，後退！
我說：朋友，我們來 PK 一場吧～

《可愛之處》

小橋流水的可愛是安靜，
天空肆意遨遊的可愛是自由，
我鍾情的可愛裡有他們，
也有與眾不同一點的：
譬如某隻大猩猩暴怒的可愛。
穿著紅色的衣服，
飛奔起來是一團紅色的火。
圓圓的腦袋像一顆馬鈴薯，
大大的眼睛像兩顆靈珠，
一對視，
那是無法一時摸透的狡黠，
魁梧修長的四肢彎曲起來，
在森林裡從上到下，從左到右，
快的讓你的眼睛跟不上它的節奏，
再配上那易怒的脾氣，
就是一個行動的定時炸彈。
說他可愛，聽起來有些勉為其難。
但其實，只要仔細瞭解，
就一定會發現他的可愛之處，
換一個角度，換一種目光。
這是他的特性。
原始的森林裡有食物的滿足；
同伴的溫暖；

更有天敵的威脅；

一路上散落著猩猩先生最喜歡的香蕉，

一百根香蕉就能給猩猩先生填充活力，超然重生。

鱷魚並不只是在水裡衝他撒野，

成群結隊虎視眈眈，

但是猩猩先生不怕，

他不斷地奔跑，

撞開那些鱷魚，

跑累了，還可以用木桶砸開犀牛，

充當一下坐騎。

穿過河流時，普通木桶可以墊腳，

跳上棕櫚樹一躍而下的炸藥桶可以變成武器。

慢慢地，

猩猩先生發現它遇到的每個桶子都是不同的——

有些星星桶代表著當下的進度，

有些印著 W 的可以讓幸運的他直接到安全地帶，

有些若有若無的幽靈桶可以向不同的方向扔去，

有些無敵桶可以讓他在當下天下無敵！

還有不同的動物桶呢，

猩猩先生進去後可以嘗試變成另外的種類，

嘗試一下別的動物的可愛。

我發現，

猩猩先生或許天生喜歡金燦燦的東西，

香蕉是金燦燦的，

金幣也是金燦燦的。

在猩猩先生幫小象解決了老鼠，

在猩猩先生救出了同伴，

在猩猩先生幹掉了蜜蜂，

在猩猩先生把甲蟲丟進壞人的嘴裡，

不知不覺地，

金幣的數量就越來越多了。

他也會犯愁，

要知道在這個以天為蓋地為廬的樹林中用不到錢，

單單生存就已經很困難了。

下雨了，躲開要吃他們的敵對，

抓住繩子蕩到安全的地方。

黃昏時刻，覓食回家的路上，

避開惡狠狠的豺狼。

他好奇地問：人間會不會也如此複雜？

我笑了，我說：

人間比森林更複雜，

也有天敵，也需要覓食，

也要收集金幣，還要糾纏愛情。

猩猩先生問：愛情是什麼？

我不知道要怎麼回答他，

那是比香蕉還要甜膩的東西，

不能果腹，

卻可以讓人欲生欲死～

猩猩先生懵懵懂懂，

我意識到他不懂愛情。

我示意他可以看看跟在他身後的小猩猩，

這便是愛情活生生的答案。

開心的時候玩頭上的帽子，

不開心的時候把帽子扔在腳下氣呼呼地踩上幾腳，

猩猩先生會有猩猩夫人，

除了跟隨他的腳步之外還會利用辮子，

在空中螺旋，緩慢下降的技能，

會有一個和他長得一樣的兒子，

小猩猩一定不像猩猩先生有那麼多困惑，

他會這個世界充滿新鮮感。

我想，我也是一個猩猩先生，

在疲憊的鋼筋水泥裡有我需要奮鬥的世界，

偶爾認慫和認輸，

但誰又能說，

我不是可愛的人？

《漫長的英雄路》

西部世界，

粗放狂野，

牛仔很忙，

像踩在齒輪上的風景，

馬蹄奔跑，長草瘋長，

花的美麗、人的笑容不需要遵守固定的規矩。

因為，沒有規矩。

流雲之下，無限可能。

這裡可以醞釀成玫瑰葡萄的甜蜜，

這裡可以培養出善良帥氣的英雄，

這裡可以有一群無憂無慮的兒童，

這裡可以有不同美麗姿態的女孩。

當然，這裡也會有惡意作惡的土匪。

有美麗就會有醜陋，

有白天就會有黑夜。

宇宙的守恆定律，

存在於任何地方。

而惡意的滋生速度，總會很快很快，

快過流水，快過風。

他們不把一切放在眼裡，

把破壞當成權利，

把貪婪當成三餐。

一團黑風，籠罩一個小鎮。

他們佔領警局、佔領銀行，
要把天捅出一個洞來！
請別忘了守恆定律，
黑風過境，終能等來正義的披風。
鎮子的人都被困頓住了，
外邊的人卻能進來。
見義勇為的青年出現，
是你，是我，
可以是每一個人。
我想像著自己騎著高高壯壯的馬，
馬兒調皮地噴口水，
我哼著歌，扛著槍，
叫囂著惡人頭頭出來！
射人先射馬！
擒賊先擒王！
消滅敵人本身就是一場遊戲，
比的是心態、能力、膽量。
不必以多欺少，
不必血淋淋的慌亂大戰，
一對一，我在他朝我開槍之前，
把子彈上膛，
先一步搶佔生機！
生死在兩頭，
蹺蹺板一般，
我慢一步，希望就毀滅，
我快一步，邪惡就能被毀滅！

從馬房裡朝黑色窗戶開槍，

射中隱藏在角落的敵人，

閣樓草堆裡有一個，

這個傢伙打了一槍還需要再補一槍，

酒吧裡雞尾酒還沒有喝上一口，

我就被遠處的狙擊手鎖定了，

偽裝顧客的敵人坐在吧台找機會要殺死老闆，

我的任務就是保住老闆，

從他手裡獲得解救警長的鑰匙！

我有幸進到警局，救到被困的警長，

一場混亂的槍戰避無可避。

銀行裡穿著紅衣的悍匪，

挾持著人質以為能逃出生天，

我必須分辨人質的處境，

我不能誤傷好人。

逃亡的路標上，

我得把最後四散的亡命之徒通通解決，

鎮長是有機會逃出來的。

我也是有機會被射中的。

如果不幸都幸運地沒有發生，

煙霧中我會看到頭目下的戰書。

我還是要比速度。

活下去，就是要和惡人比快。

我對著二層樓射中很多人，

我期許頭目就在裡邊。

然而，鎮長和他的家人終於團圓後，

砰！

遠處響起一聲槍響，

我聽到了，那是叫囂的警告。

他是在告訴我：

邪惡的人沒有那麼容易死去，

光明也沒有那麼容易出現。

我的英雄路，

還在遠方 ...

《歸於寧靜》

世界上什麼東西值得我們視若珍寶？

將軍的寶刀，

王子的皇冠，

裝的下月亮的城堡，

你的微笑，

還是我的自由？

我還在尋找答案的路上，

一位海豚先生似乎先找到了他的答案。

神秘的大海，

他不必仰望星空，

就可以找到他的世界。

在那裡，

他呼吸新鮮的空氣，

他縱身一躍又愜意墜入，

他可以和海鷗比賽，

他還可以在繁星夜空下思考明天吃什麼，

這些平常的幸福就是他的珍貴。

如果沒有那一場死亡旋風，

他可以一直一直這麼幸福地生活下去。

平靜如珍珠一般的海面不再平靜了，

出現一個動盪的漩渦，

像是要把什麼吞沒了。

一直潛入到深海……

穿越從未見過的傳說中的遺跡……

來到地下迷宮洞窟……

未知是最大的刺激，

恐懼是最大的動力，

每一秒我都不敢前進，

每一秒我都說服自己不停前進。

乾淨的海水褪去了人間複雜的規則，

就只剩下弱肉強食這一條——

海豚先生沒有尖銳的牙齒，

沒有血盆大口，

有的只是柔軟的身體和不俗的游速。

需要穿過激流，

避開敵群，

在家常便飯的死亡次數裡，

一次次地涅槃重生，

一次次地避開危險。

天哪，那些遍佈尖釘的狹長通道，

稍微偏一點就會血肉模糊！

那些長著大鉗子的螃蟹，

成群結隊，虎視眈眈。

天哪，黑壓壓的一片，

千萬不能被他們逮住！

好不容易找到的鑰匙，

還不知道如何解謎。

可是沒剩多少時間了！

海豚先生必須到海面上去換氣了！

夢醒如初，我對海豚先生說，

這次的旅程太累了，

下次等可以全身心投入解謎的時候再來邀請我。

海豚先生說好。

於是過了一段時間，我重新應邀，

我找到了鑰匙可以慢慢解謎，

可是這回問題出在我身上，

有時我不夠聰明，解答得太慢，

有時我覺得容易，解答得很快，

時間在海水裡凝固成無聊，又快成了消失。

海豚先生攤了攤可愛的肉掌：

朋友，真是抱歉。

我笑笑：可是朋友，你活得簡單純粹，多好。

海豚先生點點頭，贊同我的話。

他說，他不覺得歸於寧靜是無聊，

而是上天饋贈的禮物。

《換槍，跑，死亡》

溫柔的反面是鮮血

炙熱的名詞是勇氣

一杆槍，紅色輸出的子彈

就是奮起搏殺

會跟蹤的圓盤飛行生物

懸浮空中，難以消滅

伺機偷襲，如影隨形

比地府的魑魅魍魎還要可怕

落石和狙擊

不停地跳躍和困難相撞

稍有不慎就是萬丈懸崖

比最危機的戰爭還要可怕

可伸縮的機械手臂

工廠裡的怪誕的陷阱

無法顧及的前面或者後面

一秒是生

一秒是死

還有必須調出三十條命才能鼓起勇氣的實驗室

那些需要勾引才能出現的火焰

需要肝膽相照的守護

你來

不，我來

為了同伴身先士卒是鄙之榮幸！

哪怕一不小心，就是身先士卒！

戰鬥吧

冰冷的鋼筋水泥，地下水道

從飛旋的直升機直面而下

面對敵人的來襲點燃勇敢的火光

只要我不放下手裡的槍和信念

就可以抵擋住大炮的轟炸和叢林的包圍

只要我不放下手裡的槍和信念

就可以驅動機器、躲避鐳光

只要我不放下手裡的槍和信念

就可以打亮巨龍的眼睛和消滅生生不息的怪蟲

再黑暗的地宮都能仗著子彈的飛射照亮前方的路

銀白的骷髏是我的戰利品

我踩在法老的臉上打下王國

我跳過小兵的頭上開響三槍，縱身一跳

敵人乘坐的火車變成螃蟹

我踩在螃蟹的背上

一鼓作氣任憑它帶我進入海洋的世界

闖開另一邊天地

幸運的裙擺，若是看到

便能捕捉到她的美豔

但看不見的並非就不存在

是的

幸運是神秘的

幸運是奢侈的

遺留下足跡是見證傳聞的幸運

無法捕捉的風景恰恰是少數人的記憶

因為珍珠是稀少才是珍奇

分享一句秘語

上上下下左右左右 BABA

懂的人永不忘卻

《熱烈新生》

灰白，滄桑，

受創，死氣，

這些壓抑性詞彙很難讓人開心。

而當這些詞彙變成動詞，

聚集在一起躺平了整個世界，

我和你就不只是不開心，

而是痛心它們的存在。

無法想像，

當世界只剩滿目瘡痍，

物資貧乏被掌握在少數人手裡，

大部分的人看到的是絕望，

嘴裡嚼著的是死亡，

還會更糟糕嗎？

會的。

聯邦軍的機器人部隊失控了，

與此同時實驗室裡的某細胞還被搶走。

有一支四人組成的部隊前往平息和奪回。

獨眼巨人的咆哮，

震耳欲聾；

以絕對的強勢把汽車扔到你的頭頂，

千萬別退半步露怯；

高速公路上像幽靈一樣的爪子機器人，

往左往右揮動的爪子，

只要夠聰明地躲避，

它也有鞭長莫及的時候。

或許有多時間，

你還可以站在角落裡嘲笑一下。

別算上我，

我正忙著集中注意力。

瞧，

紫色詭譎的迴旋燈管照亮的黑色空間，

像一個巨大的吸盤，

一不小心就會連意志都被吸納，

金色方塊坦克，

時而疊加時而平攤，

對付它要花好一番功夫！

好不容易來到開闊的叢林，

隨機擺弄肢體的球形機器人會「嗖嗖」噴火！

灼熱的滾燙，是選擇正面交鋒，

還是拖延它的時間。

天哪，這些還都不算什麼，

異形巢穴遇到的蠍子，

可以鑽天遁地，防不勝防……

相互交換相互阻殺的兩隻可怕眼球，

太空站上的鴨嘴機器人，

守護系統的骷髏，

推火車的機器人，

四隻刀手的無敵剪，

實驗室裡兇猛無敵又實在木訥的大烏龜，

天花板上突然下降的炮臺……
像這樣的未知冒險，
實在是太多了。
他們看似笨拙，實則狡詐；
看似狡詐，又還是機械的本性。
你需要經驗來彌補他們攻擊你的漏洞，
你需要以血槽漸空的代價來看清他們的面目。
燃燒熱烈，兌換新生。
我和你一樣，
不見得有多是天選之子，
不見得有多先天優渥，
我只是這個世界的一份子，
出一份自己的力量，
來還以世界新生，
添一絲美好。
當我被打倒的時候，渾身是傷，
我依然能聽到遠方的戰歌，
在為我加油鼓勁。
下一秒，我定會重新站起來！

《瞄準》

瞳孔，

黑色的萬花筒，

聚焦著什麼，就是什麼，

世界由此變成千萬種模樣。

我捂住左眼，聚焦右眼，

聚焦著一切想要聚焦的精彩。

那是屬於我的鏡子，同時也折射著我的思想。

可愛的人會有可愛純淨的眼神，

即便是狩獵射擊的捕捉，

也可以不帶恐怖的殺戮氣息，

讓空氣變得壓抑。

銀髮，藍衣，有些肉嘟嘟的臉頰，

發狠，不是發狠；

是帶有可愛的倔強；

黃髮，紅衣，炯炯有神的大眼，

發狠，不是發狠；

是帶有少年氣性的無畏。

穿過他們的瞳孔，我看到屬於他們的精彩世界，

找到了自己的影子。

初出茅廬，他們也會橫衝直撞；

上天入地，他們也會九死一生。

不過少年就是少年，把一切當成是好玩的遊戲，

把自己當成遊戲中的玩家。

回眸以望，

就是獨一無二的人生經歷。

多好？

發射跟蹤彈，即是跟蹤，又是自我保護的盾牌。

哈哈，不管你跑多遠，

都會被少年的瞳孔鎖定！

機槍，鐳射；

跟蹤彈，火槍。

單一拿出，各自為王，

聯合搭配，可出奇效。

開闊的野外，碧綠的草地，

斜上方有飛舞的微型機！

打掉！

呀，紅色怪獸機車裡有壞人在指揮鐵臂！

上邊還匍匐著機槍手在對著他們掃射。

不怕！

躲閃，外加密集亂戰！

移動站位，火球連發；

原地進退，機槍藍光頻繁出！

快速滾動的火車軌道，

不怕速度，不懼隨時掉下來的危險，

射擊就對了。

不到萬不得已的爆破——

一面牆倒下的巨大爆發力，是少年的絕招。

不必趕盡殺絕地圍剿，震懾震懾就好。

一寸長一寸強，一寸短一寸險。

少年說，既然不必趕盡殺絕，
那就只把他們趕走便是。
一切取決於心，
一切只看自己的選擇。
每一個細微的心態，
不知不覺就造成之後的改變。
觀戰累了，
我眯了一會兒，
重新看向遠方，
啊，是善良的餘暉，在衝我微笑。
笑容，美好萬分。

《非紅色的博弈》

棗樹是魯迅的記憶，
橘子樹則是我的回憶。
小時候，
鄰居家院子裡的橘子樹，
很高，很大，
是承載我成為英雄的舞臺！
我想要原地起飛，
我想要一個踏步就能上最高的樹枝，
坐歪那枝丫，
將橘子掉落下來幾個，
然後得意洋洋地衝著地上牙牙學語的小孩們笑，
好吧，我幻想得有點超過～
現實裡是——
我只能有些狼狽地抱著樹幹，
有些慢吞吞地往上爬。
牙牙學語的小孩們是有的，
也是他們衝著我笑。
我忙著不讓自己掉下來。
媽媽揪著我的耳朵說：
這樣成為不了英雄，
英雄是隔壁奶奶家當員警的叔叔。
沒錯，我遠遠地看到過幾次，
他穿著制服，英氣颯爽。

什麼都不做，壞人都能自動遠離一般。

可是真正的員警，

並不是什麼都不做。

穿牆而過，

來到另外一個真實的世界，

俯視著壞人和員警的博弈。

我有一個同事，

他擅長很多技能，

比如門縫裡的窺探、

破門突擊、

將對手致盲，

他可以幫助我，

關鍵時刻可能還會救我一命。

我需要和壞人鬥智鬥勇。

如何找齊證據，如何讓壞人繳械投降，

我的頭腦風暴隨時開始，

壞人也隨時升級。

通過地下攝像機，察覺到對方的行蹤，

默默跟上，看著他撬門盜鎖，

看著他偷取機密，

人贓俱獲！

不費一發子彈是我的終極目的！

他或許只是偷一份文件，

或許是殺一個人，

或許是一個組織想要破壞和平，

又或許是顛覆社會秩序。

而在我的眼裡，

罪犯沒有大小，

罪行便是罪行。

每一次的任務都是不可複製的危險，

在制服他們的同時保護自己的安全，

講究戰術也講究良心，

沒有套路也沒有捷徑，

當他們悄無聲息地倒下時，

右上角的得分並不是讓我最開心的，

也不是和同伴的勝利擊掌，

而是我真的看到我的努力，

讓這個世界變得安寧一些。

這才是讓我最開心的意義。

同事告訴我，

別太介意結果。

守護和平的宗旨在心裡，

你就是最好的員警。

我微笑著被一個熟悉的聲音叫回到現實。

好吧，我還是那個爬樹的少年，

但我的員警故事真實有發生。

那在畫面裡存在過的驚險，

未完待續 ...

多年後回頭以望，

即便是偽裝的巔峰，

也仍然是我生命裡存在過的榮耀。

《空地配合》

這是一個青出於藍而勝於藍的故事

並不是溫暖的色彩

而是帶著背叛的條紋

準確的說這是科學家海德的悲傷

他製造了人造腦 MH-C2

MH-C2 卻超越了海德的智商

背叛一切指令

意圖毀滅整個世界

並以神的名義來統治整個人類

人類的災難來了

人類不可坐以待斃

碧綠色的直升機飛起

將對方的榴彈，飛機都打掉

從白天打到黑夜

從陸地打到大海

吉普車開起

撞它，撞它

四個雜兵合體的機械會發射跟蹤彈

行動遲緩，比較容易對付

突然間，飛來飛快的導彈

一不小心就會被打到

注意躲避，注意躲避

最討厭的是導彈車

向右上方四十五度發射導彈

每次六枚，連續發射

保護罩到底是穿上，還是讓它變成炸彈？是個艱難的選擇

……

相互配合，彼此掩護

過關斬將，共同爆機

除此之外再無其他

也許是因為拯救也要讓人看到希望

也許是因為螢幕裡的穿越太過困難

很快，碩大的螢幕外人們的臉上

從興趣變成了平靜

從平靜變成了離開

但不要覺得就此就失去了希望

兩年後

經過改良

從天神的不接地氣

到後來和現實中的海灣戰爭相重合

中東的石油

蔚藍的天際，碧綠的草地，血紅的夕陽

寶藍色的吉普車雖然迷你但毫不示弱

它可以對付前邊的坦克，地下的陷阱

也可以無懼天上的飛機和導彈

允許各自為戰

分開努力

所以拯救的可能性增加了

希望變得不再遙遙無期

人們的戰鬥力重新提升起來

MH-C2 的危險來臨了！

《匕首刺》

綠色的名字是草地

白色的名字是流雲

在我這裡

則稍許不同

綠色的名字是貝雷帽

白色的名字是雪山

讓時間回到冷戰時期吧

受雇於軍方派遣

一名頭戴綠色貝雷帽的特種部隊成員

僅僅攜帶一把刺刀

深入敵軍內部

與之周旋

記住，此行的目的是摧毀核彈裝置

拯救世界

跳上原型 9K52 月亮 -M 的發射車

躲過大型薩姆 -2 的導彈光波

見過深綠色的兩棲坦克嗎？

那是至今都在一方海軍陸戰隊服役的經典裝備

哦哦

還有深海的潛艇

袖珍單人折疊式直升機

上天入地

不斷提升

刺刀也就有了幫忙的夥伴

火箭彈，火箭筒，手雷，手槍

即便這些都沒有

就憑最初的刺刀也可以用盡全力地刺砍，揮舞！

殺，就對了！

世界，等著我拯救就是了！

……

鐵路橋下，飛毛腿成群結隊

臥倒的武器兵險些偷襲

槍兵追擊

崗樓埋伏

集裝箱上無數的敵人

以此為屏障

退一步就是堡壘

進一步就是城池

等等！

六隻一批的狼狗，兇神惡煞地狂吠

不怕，連發 B 鍵

揮刀猛刺

再兇神惡煞都不抵正義的火熱

綠色牆磚下，注意跟蹤的敵人

小心地繞過地雷

等等，他們追上來了

跑，快跑！

短暫的逃跑是為了給予更猛烈的還擊！

呵啊！

火龍穿心！

佛山無影腳！！

瞧瞧我的厲害，我軍人的英姿！

雪山之下，輕輕地來，輕輕地去

不帶走什麼，也不留下什麼

刺刀上的血液是唯一戰鬥過的痕跡

還有淡淡的汗味

哦，那是我夢裡激動過的味道

《陪伴》

我曾經認為自己很孤獨，
沒有朋友，
家人的親密關係只限於點頭打招呼，
不涉及更多內心的話題，
我的世界只有日光照進來的時候，
才勉強有一點點的溫暖。
於是我很羨慕那些溫柔且有伴的人，
他們的眼睛裡有棉花糖，
他們的嘴巴一開口就是暖暖的聲流，
他們自帶光芒，
他們可愛動人。
我呢？
我什麼都沒有。
打破我這樣想法的，
是一隻小恐龍。
在我尋覓到一個和我一樣孤獨的大叔，
他卻堅定地告訴我，他並不孤獨。
因為他有一隻小恐龍，
載著他東南西北，
陪伴是它的性格，
好吃是它的特色。
大叔不管是醒著還是睡著，
他都很踏實，

因為他知道目光所及之處——

小恐龍就一定會在。

前行，終將是一場華麗的冒險，

你無法想像，

你會碰到什麼樣的人，

什麼樣的天氣，

什麼樣的風景。

你無法預料，

下一秒的危險是什麼帶給你的，

也許是大老虎，

也許是小橘子，

也許是足球運動員，

也許是毫不起眼卻怎麼都跳不過去的高臺。

相伴，就會是手無寸鐵的你最好的底氣。

像一床棉被裹住你，

像一場音樂洗滌著你，

像一首好詩感動著你，

像一個人不管多久都等著你。

大叔說，孤獨感很難驅散，

這要慢慢來，

一點點地來。

我想，我太知道這種感覺了，

不是別人一句安慰，

不是別人一記關切的眼神，

就立刻煙消雲散。

如同一級一級的打怪，

隨時一不小心，就會重新來過。
我想我可以為之努力，
找一份合適我的陪伴，
到時候世界就在腳下，
一顆心不必再卑微，
可以順道為一顆岌岌可危的蛋，
把凹凸不平的小土包踩下去，
可以順道和瘋狂的蘑菇玩一玩，
把高高的樓梯當滑滑梯溜下去，
可以順道去海底世界，
和無數小小的金魚們一起擦肩而過，
可以順道去最靠近星空的地方，
上上跳跳，踩著小烏龜飛走，
可以順道和飛撲的小蜜蜂撞個滿懷，
這些都會變成五彩的回憶。
像溫暖的熱茶，
循環溫暖著逐漸舒展的心。
哦，我向大叔打聽過了，
他的小恐龍的名字，
我想我也有想法了，
關於我的陪伴的名字。
請允許我先保密，
等我找到我的陪伴，
我一定會告訴你，告訴全世界。

《高甜的世界》

暖色的夢境像巧克力糖，
最甜最柔軟的，
是最珍貴的那幾顆。
但吃過巧克力糖的人都知道，
一開始有些苦澀，
甜是後來的高潮。
特納跟我說他那個神秘的夢時，
就是這樣問我的：
你吃過巧克力糖嗎？
起初忐忑，慢慢沉迷，
最後淪陷～
我說：
特納，你是個漫畫家。
難道只有筆是全身上下唯一的器官嗎？
你說清楚一些。
特納想了想，給我看他的漫畫。
那是紐約。
那是一個風雨交加的夜晚。
他正在忙著畫漫畫。
突然一道閃電如同尖銳的鋸子，
割破夜空！
特納的脖子被掐住了。
緊接著，漫畫中的莫塔斯復活了！

特納跌入了這個陌生的世界，

遇見一個漂亮姑娘，

這姑娘給了他一把刀，一包炸藥，一瓶血瓶，

說：特納，你可以去冒險了！

一隻大手下邊出現的活靈活現的機器人，

張著血盆大口而來。

特納拿起刀，

嗶嗶兩下，

憑藉著血性，

機器人輕易地被幹掉。

特納突然為這個世界，

自己成為輕易的王者而感到沾沾自信。

很快，現實就打了他耳光，

冒險才真正開始。

向下和向右的兩條路，

選哪條？

秘密通道裡的地下井蓋，

鐵籠子裡關著的公路殺手，

是該救還是視而不見？

地下通道裡的忍者是消滅還是不消滅？

踏著箱子打開的開關出現的地道，

有幾團火堆，

該何去何從？！

通風口裡的變異蝙蝠、機器人，

阻攔的變異骨架人，

炸開排氣通風管道，

鐘錶陷阱的屋子，

只要控制指標就能找到出口……

可是為了消滅一群變異的勺子，

血值不斷下滑。

公路殺手找到的血瓶，

是特納歇一歇的短暫的糖。

他始終記得在戰勝變異母體後，天空飄著的雪花，

他和公路殺手遇到兇猛進攻型的持棍僧人。

他要變成超人才能打敗他。

這個僧人是前菜，

還有黑暗密室裡的功夫祭台等著他。

地勢險惡的懸崖，飄蕩的鐵柱……

逼近莫塔斯的老巢，

死亡之船上一連串的陷阱！

當特納再一次看到那個漂亮的姑娘時，

她卻被莫塔斯關進了鍋爐裡。

眼看鍋爐裡的水越來越高！

莫塔斯的笑容越來越邪惡！

特納逃不開所有故事最後的套路——

正義戰勝邪惡！

可是特納的高甜還沒來，

他還得決定是陪著姑娘幸福生活，

還是一個人獨自在這座黑暗城市裡徘徊。

特納問我：如果是你，你怎麼選擇？

我說：

未完待續～

《人生的酒》

窗外以盼

雖風景如畫

怎奈日復一日相見

美則美矣

平淡如雪

我們該當舞臺下的看眾

選擇旁觀的立場

把世界搬上舞臺

細品其春夏秋冬

枕著世界的輕聲訴說

靜靜地閉上眼睛

你看到了什麼？

你又聽到了什麼？

我看到的則是

有人踮起腳尖跳躍上臺

他披著白衣

戴著面具

時而嬌俏時而變化

時而神秘時而單純

白衣長袖一揮

是舞伎的畫板

任憑想像往上添彩

面具是舞伎的底妝

他的一顰一笑如同音樂的主題

我聽到了

他說這是白獅子和赤獅子

我附和了

我說這是白獅子和赤獅子

你看

獅子出現的地方在於

米黃色的地磚長街

紅色欄杆內的寬闊

古色古香的一戶建門口

和風濃郁的內室

銀白色散發著幽暗氣息的異世界國度

都市的樓頂

童話王國般的迷失森林

啊，紅楓起

落葉歸

任何地方

任何時間

我和他合二為一

感受他的感受

所見他的所見

所聽他的所聽

舉手投足間

我便是他

你不曾見過的斗笠足輕

調皮地踏過你的額頭化成皺紋

你不曾見過的鎧甲武士

在你的眼角刻畫成霜

你不曾見過的紅色小鬼

在你的心裡化成一座黑色大山

你說這太精彩了

你揚起的微笑

如同他隨處可拾的扇子

打開間

我見到了他的颯

你醉人的心動

來啊，讓我們不辜負歲月的饋贈

不辜負天上的星辰

不辜負這幽暗溫暖的韶光

一起跳人生的舞

一起乾下人生的這杯酒

《勇者的榮光》

存在即是責任，
在某一天看到別人眼中的自己，
便是生命的開始，

莊園，叢林，鋼筋水泥，
天藍之下綠叢之中，
流動的氣息裡是匿名的危險，
淡黃色的身體不知害怕，
黝黑的瞳孔中一腔注視──
城市盡情穿梭其中，

時而呆萌，小巧，
卻是儲存強大的前奏，
擁有無限可能的孩子，
時而剛毅，強壯，
冰冷的手臂擁有無敵的力氣，
踏著堅毅而靈巧的步伐，將身形留在密室、鐘樓、工廠各處，
書寫著屬於成人的強者生涯，

它可以很小，
小到肆無忌憚地被輕視，
它可以很大，
大到輕而易舉地輕視勝利，

猶如最初的少年，在披荊斬棘的流速中，
化身橘黃火焰，
灼燒夢想，砥礪前行，

強大吧，吸收冰與木，水晶與太陽石，
攻擊吧，叫囂著阻礙的機器人，
翻滾吧，踏板之上鐳射之外，
釋放吧，強大是無言的反擊，

也許會需要放下一些，
以輕盈的姿態平視世界，
也許會背負一些，
穿過雲端俯瞰腳底的渾濁，
拿起放下間便是青春千變的模樣，
瞳孔中萬化的顏色，

威脅的名字是哥布林，
也可以是其他的替代，
勇者的榮光叫納克，
也可以是任何人。

《再近一步》

飛鳥和野貓，

如果讓我選擇，

我會選後者，

沒有高貴的姿態，卻有自由的崇拜。

低眉順眼的菩薩，

怒目而視的金剛，

如果讓我選擇，

我會選後者，

人生短短數十載，

為何不痛快肆意而活？

狂亂之街上的規則，便是縮寫的生存法則，

當犯罪籠罩上空，看不見正義的光輝；

當和諧安寧被暴力邪惡所替代；

當正義之士和黑暗勢力融為一體；

依然要相信會有人不為所動，要反抗崛起，

要為這個城市的未來而燃燒生命。

哪怕以暴制暴，哪怕赤手空拳，

看，他們走來了——

金髮碧眼的帥哥，

酷炫甩髮的美女，

還有白色球衣、球鞋的非凡人物，

不必轉身也可以讓身後過來的敵人騰空飛走，

自由翻滾，

哪怕是被敵人近身抱住，

也可以聰明地掙脫，蹬腿反扣殺，

落地的瞬間做一個向上的飛躍，

讓他們穩穩落地時不用受傷，

那些鮮活的近身肉搏，

每一招的出手，都是懲治；

而每一次的流血，都是正義。

街道，沙灘，郵輪，大橋，

天空海闊，身臨其境，

由易到難，環環相扣，

危急時刻召喚警車助力，

發射火箭彈全面轟炸。

當身著綠衣，體型壯碩的頭目出現，問說：

你是否願意成為我的手下？

是與否，就代表著：

你是妥協還是堅持。

孤軍作戰也罷，心意全憑自身，

但若你是有人一起奮戰，

你最好祈禱你的同伴和你是同心同德。

不然，頭目就會冷笑地看你們對打，

若是輸了，便是死了；

若是贏了，再贏頭目，

最後頭目的寶座就是你曾經的同伴好友落座上面。

光明再一次被黑暗所吞沒。

瞧，現實就是這麼殘酷。

不管最初的心有多麼純淨、熱血、澎湃。

最後一不小心，就會在疲憊中死去。

我熟練地原地不放，迴旋解圍；

和踢腿蓄力技的釋放──

兩種必殺。

我突破，我破招，

我只求站到最後，

哪怕踉蹌地只剩最後一口氣。

只要我活著，

我就離無敵再近一步，

只要我憤怒，

我就離瓦解黑暗再近一步。

有時候，近一步，

便是成功。

《想像中的前線》

犀牛，是角逐角力的動物，

他們頭頂的角可以把世界分成兩份。

一份是黑白的，

一份是彩色的。

黑白的是，日復一日的平靜，

彩色的是，平靜下的風雲詭譎。

我想變成一頭犀牛，

奔赴前線，

頂撞來去，

都是實實在在的搏殺。

可我不是犀牛，

犀牛能明確誰是敵人，誰是同伴，

人類往往分不清。

這一秒的敵人會是下一秒的同盟，

這一秒的同盟下一秒會站到對立面去。

這才是人類——

會籌謀，會算計，複雜又朦朧，

如天邊月。

歷史上的版圖會變，

人們臉上的欲望不變。

你能想像幾十年後的某一天，

為了爭奪某個島，

大家開始新一輪的兵戈相向。

武裝自我，開始戰爭。

城市指令從商場到軍部，

從軍部到酒吧，

從酒吧又到競技場。

你的部隊太弱，需要讓兩名雇傭兵成為你的人；

然後你們去解救新聞記者，

借助媒體的力量發聲，

你們來到競技場遇到一個不打不相識的夥伴，

你們會去到酒吧，遇到一個酒鬼，

他的性子很傲，

不屑和你們為伍，

當你們把勝利的鮮血帶回到他的面前，

他改變了主意。

你們會得到一輛看似雞肋的補給車，

起初你們可能會看不上他，

但之後你們會發現自己受傷的時候，

它是最好的依靠。

你們會瞄準你們的敵人，

在瞄準鏡裡打掉敵人的手腳，

你們因此能刷到經驗值，

不斷地提高經驗值，

就是在不斷地提升你們的耐心，

你們會拿到很多把不同的槍，

你們會使用閃光彈，

你們會近身格鬥，

你們會利用自己的機甲去撞擊敵人的機甲，

你們會在廣袤無人的馬路上剛硬對抗！
那些鋼鐵的折疊，形狀的變化，
都是你們取勝的關鍵！
你們會迎接很多很多的挑戰……
沒有上帝可以分配金鐘罩，
保護你的周全。
能保護你的只有你自己。
衝殺在前線，你會有戰友，
但最堅強可靠的戰友是你自己，
向日葵永遠向陽而生，
那燦爛的笑容用自己的辛勞澆灌，
才是最好看的。
也許你會說，
幾十年後的事誰知道呢？
是啊，誰知道呢？
我也不過是做個假設。
前線任務的緊張刺激，
不必等到幾十年後，
上班擠地鐵成為沙丁魚，
下班被老闆留下加班，
生病的時候雲淡風輕地自己去醫院，
失戀時跟全世界說「我沒事」，
辭職沒有方向後坐在路邊放空卻哭不出來，
我們都在前線，
做著人生打榜的任務。
我很棒，
你們也是。

《這是個秘密》

如果我跟你說，

我無意間闖入一個老者的夢境，

看到了他過去的秘密，

你會信嗎？

是的，

那是很久很久以前，

他還是一個和叔叔在一起生活的少年。

有一天，他在睡夢裡聽到一個小女孩的求救聲，

咕咚一聲，

他從床上跌下來摔到了屁股。

就在他奇怪這小女孩的聲音為什麼如此真實時，

他看到叔叔拿劍出了去，

神情嚴肅，

並警告他不要離開家裡一步。

少年的眼裡心裡，

聽長輩的話可不酷，

於是前後腳間，

他提著油燈出了去。

我看到，那夜，下著大雨。

雨水和黑夜像失控的油墨畫，

讓人看不到遠方。

他走到城堡門口，

被一個警衛攔住，

很凶地告訴他不准進去。

少年生氣地無法反抗，只能繞路走。

就這樣，他跌入一個洞裡，

見到了奄奄一息的叔叔，

並得知了夢裡女孩求救的秘密——

女孩是公主，

她的國王父親曾經命令法力強大的七賢者，

封印了邪惡的黃金力量，

才保住了國家的太平。

很多年後出現了一個巫師，

要將這封印解開，

不僅消滅了七賢者，

還威脅到了公主的安全。

他從叔叔的手裡接過劍，

接過了拯救公主的使命。

進入城堡迷宮，

殺死衛兵，

取到小鑰匙和迴力標，

再去到地牢，

殺死守衛，

救出公主，

他說，

他的少年夢就此開始了。

東方宮殿，黑暗世界，

山嶺之塔，沼澤神殿，

頭骨森林，盜賊之城，

寒冰宮殿，痛苦泥潭，

最後是高登的家⋯⋯

心之碎片，勇者之劍，

神笛，飛鳥⋯⋯

過往，如白雲蒼狗，

絢爛奪目。

水晶球裡放置的不是水晶，

是源源不斷的能量；

寶箱裡放置的鑰匙和火魔杖是它們，

更是開啟阻礙的魔法。

解救的一名名少女，

對於他來說，

就是勝利的希望。

直到最後，

他獲得黃金力量，

將邪惡歸於征途，

他彷彿看到叔叔在天上的微笑。

他說，他不是沒有過害怕，

只是中途太過緊湊，

時間就是生命，

他沒空害怕。

我想，他還有一點沒說，

叔叔在天上的目光守護，

才是他最大的後盾。

一晃，他要和叔叔見面了，

垂垂老矣的眸光裡，

滿滿的幸福。

他問我，你相信這個世界上有黃金力量嗎？

我說，我信。

我們每個人遇到的困難都是邪惡，

只有堅持到最後才會獲得黃金力量。

他笑著點點頭：

不是每個人都能堅持，

所以不是每個人都會知道這個秘密。

我也笑著跟他保證：

這一定是個秘密。

只告訴見過力量之人。

《太空火》

我昨晚做了一個夢

夢到一條渾身火焰的蛇張開血盆大口

我快要被它吃掉了

求生的本能讓我奮力抵抗

我用信念抵擋

我用憤怒包裹驚懼

我大喊著我可以做到

我突然醒來

夢裡的一切開始逐漸平復

這讓我想起了關於它

最真實的那個故事

在行星一千光年的宇宙中

有一片火海的存在

而火海裡棲息著一條火龍

火龍狂舞，讓邪惡的黑暗降臨

從火海飛來的軍團對星球發起了侵略

為了保護家園

宇宙巡航機開始對軍團進行反攻

我駕駛著它

不斷射擊來取得能量箱

來武裝自己的裝備

一個目標可以兌換三個 E 罐

我需要集合十五個才能讓難度降低一些

獲取新的道具

贏得喘息的機會

什麼？！一個大腦，瞪著眼睛，伸出爪子攔住了我？

又有一次，我送了一條命

剛剛復活

一面牆就迎面而來要砸向我！

我無法隔板打穿！

我以為我無法穿行，會死在這兒！

敵人這時掉了一枚導彈

只聽砰的一聲……

我獲得了重生

是的，當我變得強悍

敵人也變得強悍

我們玩的是極速心跳

我們比的是勢均力敵

待我抵達敵人的心臟

看到守衛敵人核心系統的龍形怪物

我毫不猶豫地將它擊毀

我的飛機終於提速

穿過層層防禦系統

逃出星球！

呼

我通關了

我勝利了

但在這裡不是結束

而是開始哦

算是勇往直前的福利吧

只要你不是拍拍屁股起身

選擇繼續下一關

結局就會發生一定的變化

如果你也做過和我一樣的夢

你一定也知道這個福利

如果這對你來說不是什麼秘密

那我就勉為其難告訴你一個秘密好了

我一口氣從開始來到結束

有幸見過和我重疊作戰的戰機駕駛員

是個漂亮的可愛的妹子

至於有多漂亮多可愛

這個你就不能知道了

我會在夢裡再好好回憶一下的～

《每一拳每一腳都要打中》

有一天，我翻開了一本書，

書上的主角是少年。

少年的臉還沒有畫好。

少年應該是什麼模樣？

熱血？

炙熱？

燦爛？

冷酷？

不，少年沒有應該的模樣。

少年最應該的模樣一定是遵循本心的呈現！

致敬大師李的招牌動作：

手持雙棍，棍起，是帶風的霸氣；

手無寸鐵，握起，是具象的攻擊；

腿起腿落，踢腿，是傲嬌的肆意。

比利李和吉米李，

身為兩個最厲害的粉絲，

模仿著心裡的崇拜。

還原截拳道截住敵人的路數。

防禦！

飛踢！

還有那無敵的霹靂旋風腿！

花架子也好，酷炫姿勢也罷；

心中的浩然正氣才是不變的制勝法寶；

看，有敵人過來，

先是一記左勾拳！

再是一記右勾拳！

喝啊，連環殺！

樓梯上下來的一撥人，讓他們一個個趴下；

跳過河水踩上綠地，攀岩萬丈高樓，

就算有千難萬難也不會害怕。

迎難而上是宗旨，勇敢無畏是目的。

當然，有勇無謀是最容易被人貼上去的標籤。

當雙拳難敵四手，當雙腿難踢兩人……

嘿，怎麼不見了？

他去哪兒了？

嘻嘻，回頭。

哦，是他跳下了河流，然後來到了敵人的後邊！

天上地下，只要夠有本事，

就不會害怕自己身處什麼環境，

不管在哪裡，

少年的眼睛，都是明亮如星辰，

不管面對什麼樣的敵人，

少年的身體，永不言敗。

比利李和吉米李可以分辨出他們自己的幻影，

那是影子武士的邪術。

擊敗自己的幻影，

遠遠不夠。

聽到那聲陰森而又不屑的嘲諷了嗎？

你甚至都敵不過我的幻影，又如何能敵得過我的真身？

虛虛實實，真真假假，
很快，有一方洪亮來回應那聲嘲諷：
幕後黑手，我們來了，
我們捕捉到你的真身了！
因為敵人只是一種幻影，
真正的敵人藏於其後！
摧毀幻象，
就能打倒敵人！
戰勝敵人，就是超越自己！
截拳道的以無限為有限，
是武術家的精神——
無我之大我，
才是真正的自我。
我們，再來比過。

《我要把你扔出去》

漂亮的絨毛

傲嬌的尾巴

秋天的公園裡

總能看到它俏皮又靈動的身影

瞧，它在這兒

瞧，它在那兒

都沒看到，是因為它在你背後呢

鑽石一般的眼睛

小巧的嘴巴

兩隻可愛的前爪特別貪心地想抱走一堆的栗子

可大可小的腮幫子更加更加貪心地要把栗子都塞進去

一轉眼它又不見了

我認識兩隻其中最可愛的

名叫奇奇和蒂蒂

它們不僅會囤食還會尋找小花貓呢

避開肥貓陷阱，完成任務

看，它們上路了

團結協作地搬箱子

你拋給我，我接住

我再拋出去

超能量箱子產生！

血槽飛升！

恩，遠處愛攻擊的機械鼠過來了

還可以把箱子當武器丟出去

奇奇發現了醬油瓶上有很多吃的

蒂蒂拉著它要把這些視而不見

[快走，任務要緊]

奇奇說：別急，有吃的怎麼能視而不見呢？

我們得想想辦法。

奇奇想了一會兒，在瓶蓋上踩上三下

瓶蓋就跟蹺蹺板一樣將奇奇彈了起來

奇奇穩穩地踩到下一個瓶蓋上

得意地衝蒂蒂眨眼

蒂蒂羨慕了

好朋友自然是有福同享，有食同吃的

它們開心地吃完繼續上路

這一次依然要通力合作

蒂蒂背著奇奇來到發光的管道前

1，2，3

蒂蒂把奇奇扔進管道

再跟著跳進去

一前一後同時踩開關

來到下一關

一起吃東西

一起疊箱子

一起擁有明亮的白天

也就躲不掉漆黑的夜晚

當惡魔出來，從惡魔的弱點鑽過去

打金幣

搬箱子找有命的石頭

奇奇和蒂蒂要加油啊！

只有一次機會！

只要找到，你們才能和成功說你好

你們的可愛

在打敗機械鼠、毛毛蟲、貓頭鷹

還有可惡的袋鼠和獵狗以後

充滿力量

你們的可愛

在避開跳動的小丑、邪惡的箱子、恐龍

充滿智慧

你們的可愛充滿快樂

你們的可愛不會停止

我被傳染了

我也要可愛又快樂

《絕色風景》

失眠的清晨，
被絕色天光所悸動，
碧藍如琥珀的海灘，
綠色清新的椰子樹，
沐浴陽光的螃蟹、貝殼，
穿梭在它們之中肆意奔跑的，
瞧見了嗎？
那隻可愛的小刺蝟？
那一不小心就要比流雲的藍天更出眾的小刺蝟，
一路披荊斬棘，
收集金環，
要去把壞壞的蛋頭博士修理一頓！
銳利的眼睛把風景和危險一同看顧，
腳下的毫無遲疑，
旋轉式跳躍上一節節的臺階，
盡可能地躲開怪物，套上金環。
搖晃的秋千？
不能阻礙它。
直升飛機墜掛的流星錘？
不能阻礙它。
陡峭的山坡？
不能阻礙它。
只要再聰明些，再再快些，再試幾次！

受了傷？

依然不能阻礙它。

哪怕底下是滾燙的火海，

嘶，好燙，

把綠色的箱子一點點地推過去，

踩在箱子上，

小心底下噴射的火山，

嗨！

跳到了檯子上套到金環了！

突然湧上來的尖刀，

前邊爬來了九足蟲，

一不小心，

小刺蝟身上的刺都會脫離身體，

沒關係，

只要不斷地拿到金環就可以形成保護膜，

刀槍不入、百毒不侵的那種，

被蛋頭博士改過基因的松鼠和飛鳥，

披著可愛的外衣，

做著邪惡的阻擋，

小刺蝟只有靠一往無前的飛奔，

緊追投放火焰試圖把它燒死的直升機，

小刺蝟只有靠堅定的信仰，

避開正面對抗，

那些不可輕易採摘的星星，

黑夜之中的困難，

想方設法在金環之中要添加難度的阻擊球，

不時浮動的綠水，

綠水之中游動的張著血盆大口的鱷魚，

充滿機關的陷阱屋……

還有還有很輕易就能讓它重新回到地面的空中蹺蹺板……

天哪，

小小的身軀，旋轉的迷你風，

像一朵久開不敗的向日葵，

只會衝著陽光永遠微笑，

我默默地替它加油，

小刺蝟，你要加油啊，

用你眼睛裡的尖銳，

用你背上的堅毅，

用你腳下的如風，

創造屬於你自己的神話。

當你做到了，我也看到了，

我們一起欣賞前方最絕色的風景。

《創造的履帶》

鐵路上的時光不是最空白的
思緒翻飛的時光才擁有無限可能
河水裡倒映的風景並不是最美的
自己尋得的風景才妙不可言
不是師傅做的蛋糕
或許造型不夠驚豔
味道不夠絕美
卻是最獨一無二的味道
我想
這就是自我創造的魅力
回想很多年前
我用一輛坦克
開創遊戲地圖
我有閃電防護罩
在一定的時間內自詡無敵
我有洋槍
拾起來可以變成超級子彈，打穿鋼鐵
我有五角星
可以讓射速加快
我有炸彈
可以讓對方的坦克粉碎爆炸
我可以定時
在危急關頭隱身自己的坦克

對方有普通坦克

也有四輪坦克、七輪履帶坦克

我可以憑藉智慧

讓磚牆拼接出我想要的路徑

削弱敵方進攻的優勢

我也可以玩些心思

偷偷放一些鋼板來為難對方的進攻

我更可以建立無數的防守線

看著敵方寸步難行

坐穩江山

我可以很負責任地說

很難有這樣的機會，讓自己的任性達到極致

讓汗水肆意揮灑

讓掌控感飆升頂峰

包容無限的想法

給予更多可能的實踐

我想

那一年的年少歡喜

只要保持著熱忱的心

就可以再複製粘貼

那一年的才華橫溢

只要保持著繼續學習的態度

就可以再創一次巔峰

畢竟

我想要的世界

必須靠我自己的雙手

添磚加瓦
增添色彩

《倒映》

天空應該感謝大地，

因為有大地襯托了它的高度；

大地應該感謝萬物，

因為有萬物襯托了它的幅員遼闊；

星辰應該感謝日光，

因為有太陽襯托了它的美麗柔和；

日光應該感謝雨滴，

因為有雨水襯托了它的燦爛熱烈；

黑暗和光明又應該彼此感謝，

因為有對立，才成就了對方存在的意義。

各自為戰，又一起為伍。

我想，這就是神有意思的地方。

每一處的風景，

嵌著有趣的風情；

看似隨手一揮的創造，

其實頗有深意。

需要幾十年，幾百年，幾千年的領悟。

你才可能說一句：

哦，原來是這樣。

聖經裡說六日創世，

不斷地發展文明發展奇蹟。

我看到了世外桃源的美麗也看到了與世隔絕的安靜。

在一個小村裡，

村長有一扇無法打開的藍色大門，
村長一再警告不能觸碰，
可還是有好奇的村民將它打開了。
於是他們所有人都被冰凍，
除了一個聽話的小伙子和村長。
小伙子問村長為什麼會這樣。
村長說，他們破壞了空間平衡，
這是上天對他們的懲罰。
做錯事就要承擔相應的後果，
這是人間道理，
可拯救身邊的人的守護的心，
也是人間長情。
村長跟小伙子說，想要救他們，
就得去地底世界打開地表大陸五大板塊的封印。
此去，危險重重，
意外重重。
像冰封下嬌弱的花，
生還是死，
只不過是瞬間的功夫。
植物、飛禽、
季風、走獸、
來到地表世界的小伙子發現——
這些和他在村子裡的生活一模一樣。
甚至，出現了一樣的村子，
村子裡出現了一樣被他愛慕著的少女，
模樣相同、

名字相同、

甚至愛用芭蕉葉打他，

都毫無區別。

為什麼會這樣？

在最初的驚愕過後，

小伙子意識到：

這可能是互成鏡像的兩個世界。

如同水面，倒映出一切。

他，在另一個世界，也是他。

而世界已經不同。

來到這裡的他，

進入了一個魔法系統。

戒指和徽章裡存放著信息，

魔法的屬性，

相生相剋的規矩，

以及前進中獲取的水晶石，

獲取的越多，狀態就越好。

通過迷宮需要小心，

魯莽的玩家若掉以輕心，

就會摔倒，受傷。

當你被困在怎麼都走不出的迷宮裡時，

水晶石裡的提示就是唯一拯救你的方式。

小伙子要推動這個世界的發展，

他也就能看到現實裡的世界會有怎樣的結局。

環境遭到破壞，動物植物的種類不斷減少，

人類的眼睛從紅變成了黑……

黃粱一夢，最殘忍也最真實。

或許，一開始拯救的只是村子裡的人，

但其實，

小伙子也好，我也好，你也好，

我們都是在拯救搖搖欲墜的自己。

《初始的快樂》

衝破長夜的黎明或許清亮的遺世獨立

但也不是非得都這麼非黑即白

見過夕陽嗎

那溫柔溫馨的微笑下

有很多很多悄悄進行中的冒險世界

瞧

這兒就發現一個

老式電話機

碧綠色的汽水

裝模作樣攤開在桌上的作業本

哦，天哪，還有雪花藍的窗簾布

恩 開始了

漆黑的畫布很快出現投來的乒乓球

只要打過中間線就可以得分

玩的就是持久和毅力

瞧

那邊還有一個

碧綠的無止盡向前的跑道

一個小小的人兒踩著滑板

開始了屬於它的每一次的晉級之旅

不管是翻車還是停滯

小人兒的臉上永遠不會有氣餒和難過

因為誰知道下一次就不是美好的勝利呢

嘿！

這個更精彩

紅白相間的賽道線路

藍白飄飄的旗幟下

小汽車在追逐和奮力馳騁

有一輛，兩輛，三輛

從零開始，全力以赴

誰先跑完

誰被追上

誰的勝負欲更強烈

誰就可以得分

最簡單的拼搏，最炙熱的心跳

哎呀

不小心踢到了音箱的開關

突然震耳欲聾 遊戲的背景音

從年久的機器裡發出沙啞的像個老頭兒

不過不要緊

那是最美好的快樂音調

就像長大後

來自父母再也不會有的嘮叨

來自夏天再也不會有的輕鬆和快樂

來自回首記憶裡停留在孩童時的幸福

來自越往前越孤單的苦笑

來自我想重新看到爸爸矯健的身軀，調皮地對我說

寶貝，我們再來一局？

這回我一定贏你！

帶著歲月的印刷，變出好看的回眸
帶著時間的過濾，深刻簡單的快樂
它的名字很特別
它的名字一定記得
和我念：
雅達利！

《大玩具》

玫瑰有刺，

不妨礙它的美麗；

天使可愛，

不妨礙它有對手。

孩子的笑容，

是世界上最好的治癒的同時，

也是最麻煩的吸引。

有時候故事就是從此處展開……

不過，都說人間的孩子是天使，

天使的翅膀沒有那麼輕易會被折斷。

有人想要加害，

自然會有人站出來保護。

哪怕這個保護者是一隻可愛的小恐龍。

綠油油的身體，

軟軟的後背，

萌萌的大眼睛，

展開笑容猶如一枝向陽而生的綠萼。

壞人為了自己的一腔私欲，

回到過去，

想要把來不及長大的孩童給扼殺在襁褓中，

小恐龍得托著可愛的天使，

尋找安全。

這一路的安全之旅，

實在太考驗小恐龍了。

為了應對敵人的各種威脅，

小恐龍需要撞擊地面；

需要滑雪；

需要變身成為各種車輛；

需要把自己的蛋投出去來做防禦武器。

哎呀，小恐龍受到攻擊了，

寶寶從背上掉下來了！

千鈞一髮之際，

寶寶嘻嘻笑地被包裹在泡泡裡。

只要小恐龍按時打敗敵人，

把寶寶接回背上，

就能有驚無險地繼續上路～

加油啊，小恐龍。

寶寶在安逸的睡眠裡給你加油呢。

好吧！

用力地去碰觸太陽之花，

去收集硬幣，

還有問號雲裡需要被挖掘的驚喜。

也曾見過起初的風和日麗，

到後來的烏雲密佈，

把高蹺上的小怪獸打下來，

踩著天上的氣球飛上去，

也曾發現紅牡丹吞掉小怪獸，

吐出福利來。

也曾把一朵雲打下來，

長出向日葵。

也曾和飛舞在藤蔓上的猴子做過鬥爭，
也曾和小鳥比過自由，
也曾和溝壑裡的河水和青蛙做過對抗。
小寶寶跟著小恐龍見過油彩般的樹林，
見過水管下邊偏灰色的地帶，
見過高冒大樹裡的可怕，
見過糖果般的天上，
也見過紫紅色星空下的野外。
世界太大了，
小寶寶的心也很大，
他可沒空害怕，
只要有全心全意保護他的小恐龍在，
他就不用害怕，
享受這獨一無二的闖蕩，
雖然對他的年紀來說提前太多，
但那有什麼所謂？
反正遲早都是要經歷的，
趁著現在還不知道什麼是殘酷的現實，
趁著現在一切的一切都可以是玩，
這世界上有太多的人庸碌一生，
他可是幸運之子！
遇到的一切是他玩具的一部分，
敵人是他的大玩具！
小恐龍，衝啊──
帶著我去搜集更多的玩具，
直到我厭倦了，
我就長大了！

《找尋自己的路》

億萬年的宇宙，還很年輕，
年輕到需要登記那些陌生的面孔。
上面不僅有萬語星辰，
還有神秘寶藏，
我暫時用目光的死角把太陽遮罩，
在幽暗的背景中，
發現了金字塔的秘密。
異形、鐵血戰士還有普通的人類，
三方定力的角逐，
像激流湧進的暗湧，
藏匿著覬覦、窺探還有搶奪。
對於異形來說：
他們是黑暗中的龍頭，
集結成群，蜂擁而至，
四面八方，皆是贏家。
他們不怕任何人，
因為他們就是最可怕的——
他們的嘴是血滴子，
他們的爪子是鋒利的刀；
對於鐵血戰士來說：
他們需要隱藏在黑暗中，
還做不到肆無忌憚，
但也不必小心翼翼，

只要不被敵人發現，

如猿猴一般穿過樹梢，

使敵人防不勝防，

再加上獨一無二的外星武器還有追蹤裝置，

近身攻擊，

你只有死路一條。

對於人類來說：

面對著總是幽深可怕的空間，

光線不夠的戰場，

那一道隱晦是最後的防線，

他們擁有全新的自動火力還有爆炸物，

來阻擋其他兩者的威脅。

或許，不管在哪裡，

都有主角配角之分。

異形太過耀眼，種類太過繁多。

移動堡壘、虎式坦克、綠格子戰士……

可以第一時間吸引你的目光。

咻地一下一道火光槍，

對面不管是高高立起的紫色龍、

還是氣勢磅礴的脊骨，

震懾過去的是毅然決然的決心。

來一個，殺一個；

來兩個，殺一雙。

揮著怪誕尾巴的奇異蛇，

有飛蟲軍團加持，

撐著巨型黃金鉗而來的怪蟲獸……

以暴制暴或許不是最好的方法，
但面對一切風雨，
就是任何星球都適用的生存之道。
從最年輕的血脈一路成長為精英，
也是任何物種，
任何生命，
必須經歷的從左到右。
有時候，被時光的滴答走的微醺，
恍然間幻想自己還是個孩子，
可是生活的耳光打得我迅速清醒，
我不是孩子，
我從未停止生長。
我需要在這億萬光年的塵埃裡，
找到自己的路，
發光發亮，
生生不息。

《比較》

我已經三十，

還會夢到小時候成績不好被罵醒的情形。

我的靈魂還是會停留在那個瑟瑟發抖的軀殼裡。

我怕極了，

和別人比較的時光。

我無數次地好奇，

如果不比，

這個世界是否就不能美麗了？

黑色和白色即便不比，

他們也是各自的顏色。

如果不比，

時光的速度緩緩流淌，

難道就不可以有序地推行每分每秒了嗎？

如果不比，

沒有第一和倒數第一，

我是不是沒有那麼糟糕，

也就不用那麼恐懼了……

或許你也偶爾也會有這樣幼稚的期盼。

期盼著生活沒有那麼殘酷，

銀河下的星星，

照耀的都是太平。

我之所以說是偶爾，

因為我也只是偶爾會這樣不甘心。

總有黑暗的魔爪籠罩的地方，
總有不太平而戰火紛飛的地方。
面對恐懼，
除了像我這樣用逃避的方法，
另一個方法就是直面射擊。
標準武器、特殊武器、炸彈、導彈。
聽起來硬邦邦、冷冰冰，
會帶來生死邊緣的詞彙，
用在正義的一方就是撥亂反正。
而正義需要智慧來掌舵。
進入軍械庫，
通過選擇武器，
不斷地修復和提升戰鬥機的性能。
如果想要贏得戰鬥，
就必須不斷地布置局面，
如果想要打敗敵人，
就必須收集更厲害的武器。
你可以根據自己的喜好進行選擇，
但你最後選擇的一定不只是因為喜好，
鋼筋水泥的上方，
人們仰望的天空，
龐大的冰冷陰影緩緩駛過。
超出勝利概率的攻擊性，
會戳破人的理智！
但人最強大的武器，就是意志力！
射擊！

哪怕是敵強我弱的比較之下！
哪怕是只有一點點贏面的可能！
哪怕他是巨型怪物，
我是柔弱的小飛蟲！
哪怕他一隻腳踩下來，
我和我唯一的武器都會灰飛煙滅！
如果提前設想好最壞的結果，
那在這個基礎上只會變得更好。
不是嗎？
待重新看到美好的藍天，
流雲平靜地劃過歲月的小船，
我想我唯一遺憾的是──
沒有在小時候明白這個道理。
以至於一直都用一雙稚嫩的手來抵擋風暴。
若我能重回小時候的我的身邊，
我會告訴他，
就算自己不是最堅硬的武器，
那就用微笑來把自己磨練成剛，
你可以的。
這個世界，最糟糕的──
也不過是一場風暴，
一死而已。

《黃金之斧》

颶風，下雨，

都不過是上天的傷風感冒。

神秘的黑色力量，

才是來自上古邪惡的召喚，

穿越銀河世紀的美麗傳說，

它的名字叫英雄。

我沒見過英雄，但我見過勇敢的自己。

那是如同風雨過後的彩虹，

破繭方成蝶的歷練。

被惡魔大軍佔領的大陸，

有男戰士，有女戰士，有矮人戰士，

願意赴湯蹈火，

願意揮灑血淚，

願意還大陸以太平。

揮舞手中的刀，

騎著怪獸，

收集魔法藥瓶，籌畫著寶瓶的使用，

將綿綿不斷的敵人消化殆盡，

惡劣的環境、空蕩的森林，

保持警惕，便能讓敵人變成俘虜。

魔法輸出的精彩；

近身肉搏的攻擊；

原地跳躍的弧度；

當自己不是棋逢對手，需要組合雙打；

四目相對，點頭為指令……

俐落抬腿！

秒殺！

哪怕你是最低層，

不管是哪一種消滅敵人的得分方式，

爬到最佳的高空俯視，

就可以看到邪惡的魔頭的第二分影！

你是擁有火焰斬的藍衣大漢，

還是使用彎刀的紅衣女俠，

還是技能旋風的手腳鐐銬的巨漢，

又或是如風穿過任何防守的豹人？

不管是哪一個，面對的都是——

頻繁跳躍的長矛兵，

經常騎著怪獸衝撞的胖子，

抓住你愛捶人的榴槤，

擅於防守和下段攻擊的骷髏，

十分難纏的鐵甲重劍大盾的騎士，

成雙出現的大錘和羊頭。

魔王的忠實隨從鷹王。

選擇適當的路線，合理的反擊方式，

我穿過幽黑的隧道，

小村落的埋伏，

長滿熱帶植物的叢林，

長矛兵看守的水晶洞窟，

骷髏占據的沼澤沙漠，

血腥大道的海濱小城鎮，
寸草不生的石頭山，
巨鷹背上的生死決鬥，
還有都是大坑的詛咒城，
大火拔地而起，如山如海；
動盪的地震，讓世界有恍惚的錯覺；
遠古巨龍的火焰吐息；
魔法一出，讓敵低頭。
不管你是否同我一樣，
全都看過，
或只經歷過一些，
最後的最後，
我們終會見到陽光，
迎來曙光。
颶風了，下雨了，
打個噴嚏，
傷痛就好了。

《盛大的夢》

我有認識一個小男孩，

他的眼睛又大又圓，

眼睛裡有定格在他這個年紀的天真單純，

有一天，

小男孩問我，

你說長大了，是不是就不會有童話了？

我說：我不知道。

小男孩又問：

那你說長大了，是不是就不會有魔法了？

我認真地想了想說：

只要你覺得有，

它們就會在你的世界裡生如夏花。

千禧年前的煙火，

整夜整夜地打在天上，

像是要把過去和未來連接在這永遠明亮的黑夜。

我望著那五彩的光，

也看到了魔法的世界——

那是一個曾經有魔法，但消失了的世界，

在那裡帝國用消失的魔法與機械組合相結合，

統治世界。

與其對抗的勢力在雙強之勢。

卻因為一個少女，改變了局勢。

為阻止帝國的暴政，

大家向幻獸求救。

但被魔法導師所阻，

組織崩潰，像玻璃碎片一樣散落各地。

大家都沒有放棄，

少女這一點微弱的光，也不肯熄滅。

當她體內的幻獸能力覺醒，

她就會變身；

漂泊天涯的浪子為尋求古代秘寶而來，

妙手書生一般的技能，

是進攻也是掠奪。

機械文明的旗手，

身為沙漠之城的城主，

和帝國結盟的年輕國王。

他有一個和其截然相反的弟弟，

為了追求自由捨棄一切富貴的少年。

從不效命於誰的影忍，

從沒有人可以窺見其眼底的秘密，

他可以隱匿在任何看不見的地方，

只要對方做出傷害，

就可以加倍奉還。

帝國培養出來的魔導戰士，

經歷過無數戰役的女將軍，

盔甲之下看不到柔弱的身體，

見到其真面目的或許是死前最後一刻的榮幸。

還有忠於君主，不懼生死的戰士；

外表和野獸一樣，眼底卻無比溫柔的少年；

在正義和黑暗中來回跳躍的空艇……

太多鮮活的角色，

太多可輸出我幻想的鮮活。

小男孩好奇地想要陪同我一起尋找，

我笑著說，

你還需要好好長大。

因為童話也有深度，

魔法也需要修煉。

森林，水流，和火焰，

一雙手臂擁抱不過來，

但或許一支畫筆就可以收納完全。

世界太大了，

意外之喜太多了，

並非三言兩語就可以說盡，

也並非隨意聽聽就可以明白。

小男孩苦惱地說：那要多久我才能知道關於他們的故事啊？

我故作沉思：

乖，你睡一覺。

第二天，就可以了。

趁他睡著後，

我溜進了那個世界，

做了一場盛大的夢～

中篇 >>>>>>

GAME ZONE

《創新的傷害》

經久不衰的歐美影劇，
裡邊的主角總是很酷。
你一定有想像過，
如果有機會，
想要成為其中的主角，
或化身精英間諜，
或化身職業特工，
或化身頂尖殺手。
沒錯，
那走路帶風，
下一秒隨時切換身份，
眼神帶殺，
命中目標的氣場，
實在是太誘人了！
把世界踩在腳下，
武器在手，
天下我有～
實在是太酷了！
於是，
造夢空間就一定會為你這樣蠢蠢欲動的想法，
開立名目。
讓我們來化身某國的頂尖情報員，
開展一系列的冒險任務。

緊張，刺激，

捨身忘死、任務第一的氛圍裡。

我們拿著槍械，

進行火拼。

敵人被打中不同的部位，

會有不同的反應。

傷害計算，

讓你贏得爆頭的快感！

這就是創新的基本規則，

引領了接下來很長一段時間的現實主義風潮～

你是這其中的先行者，

你的眼神明亮而聚光，

當你想要進入一間有守衛的房間，

你可以換成消音手槍，

將守衛消滅於安靜中；

當你想要穿過有監控的走道，

你可以直接射擊掉攝像頭，

猶如穿過無人之境。

你的槍，

帶領你所向披靡。

你的槍，

就是你潛入的輔助器。

火花四濺中，

你穿過火線，

來到毒氣生產罐前，

幹掉周圍的敵人。

矮牆後邊有人偷襲，

你要小心開槍後會引來大量的士兵。

黑白相間的標示鐵門後，

就是貨倉。

在傳送帶只能選擇送上去一個時，

你和你的隊友會面臨捨棄自己還是捨棄對方的選擇，

你的上司卻並不會特意選擇誰。

這個時候，

你會聽到你的隊友毅然決然地說著最後的話語，

表示談判，

一半是運氣，

一半則是命運。

你就知道他選擇留下來，

引爆煤氣罐。

引爆自己的生命。

你到了這一刻，

才豁然明白，

作為一個頂尖的情報人員，

不是因為這個職業很酷才義無反顧。

而是明白它代表的意義，

才會義無反顧。

而這個意義，

就是你看到同伴赴死的那一刻，

明白的所有所有。

你甚至都來不及緬懷，

來不及感傷，

就要繼續接下來的廝殺。

這就是快感的另一面，

負重前行，

且無需下定義。

繼續吧，

少年。

我們至死，

都要當一名勇往直前的少年。

《抓拍美好》

有這樣一份工作，
工作內容是捕捉女生的美，
工作的高度取決於你的審美。
聽起來，
是不是讓人心神嚮往？
有這樣一句話，
女生的美如同這世間的花，
千姿百態不會重複。
聽起來，
是不是讓你為之一笑？
年輕冠名的女孩們，
附著簡單的個人介紹，
你可以挑選第一眼緣。
她們或可愛，或性感，
或漂亮，或氣質。
不必著急概括，
可以通過慢慢瞭解，
讓這份膚淺的好感更具象，
更有你單獨的注解。
抓拍她們眉眼之間有意無意綻放的專注，
身體凹造出來的特別密碼，
纖纖手指和空氣的蜜語，
哦，對了，

還有她們嫣然一笑上令人魂牽夢繞的解讀。

唭嚓，

定格。

不可更改的美麗，

你會洋洋得意，自我欣賞。

但光是這樣還不夠，

你需要給你的師傅看，

來自上層的肯定，

才可能讓你的工作進程繼續，

不然那只會是你自己一個人的鏡花水月。

在得到批評和挑剔後，

你就會明白，

美除了主觀以外，

還有很多外界賦予的條條框框。

而工作，除了工作本身內容以外，

還需要和你定格的物件進行心靈上的交流。

美麗穿透著女生們特有的香氣的化妝間，

她們的大長腿交疊地翹著，

坐在椅子上，

優異的曲線玲瓏有致，

偏頭一笑，

你的機會來了。

談天說地、東南西北，

只要你回答得體，

字字珠璣落在她們的心坎上，

那麼你就有繼續拍攝的資格。

說容易也容易，

說不容易也不容易，

說穿了，女孩子的心思，

你若是瞭解就是易如反掌，

若是不瞭解，

那就是長滿荊棘的玫瑰林。

於是，

說話這門藝術在這個時候能打幾分，

便是你的修為和造詣。

就像照片一樣，

那定格的不只是美麗，

還有背後的故事，

這才是最動人的。

休憩間，

翻閱著自己的傑作，

偶爾停留在某一張，

想起關於這張背後的促成契機，

或是會心一笑，

或是微微皺眉。

那都是人生中很好的經驗和體會，

不是嗎？

女孩子的微笑和肯定是通關密碼，

你的能力和本事是通關條件，

聽起來似乎有點隨心所欲了些，

可有時候，在滑稽的基礎上，

做認真的回饋，

也是我們的一種生存資本。

所以，不必太過糾結，

既來之則安之，

相信自己，可以泰然處之，

可以遊刃有餘。

小聲地說一句，

這和前面的騙局一般，

之所以有這樣不同凡響的玩法，

不過是企圖在沒落的時局裡做最後的放手一搏。

不必太在意，

更不必太感慨。

往前看，

或許能迎來又一次的輝煌也說不定呢！

《不會死去的理想》

你見過斑鳩嗎？

你可知道斑鳩代表著什麼？

太陽代表著溫暖，

花朵敘述著美好，

斑鳩則象徵了忠貞不渝的愛情和友情。

人世間最珍貴的兩種感情啊，

一種是刻骨銘心，

一種則全力以赴。

斑鳩的哀鳴，

具有穿透雲層的力量。

當它化作雛形，

成為某小國的飛行武器的外形，

冥冥之中，

似乎就在輕輕吟唱著某種傳奇。

小國的中心人物風來，

在數年前從地下挖掘出擁有神秘力量的黃輝之快，

一股力量的迅速崛起就意味著——

大多數人的自由受到了覬覦。

然而，人類對自由的渴望，

是無法被低估的，

一群為了自由而挑戰風來的組織，

馳騁著飛鐵塊來了。

他們帶著自信而來，

他們相信人定勝天，

可是最終因為無法抗衡風來的神奇力量，

被消滅了。

星星之火可以燎原，

即便不能燎原，

那微弱的，

倖存的星火，

也是捲土重來的證明。

一位名喚森羅的青年倖存下來，

飛乘戰機離開時，

落到了一個村子裡。

村子裡全都是受戰爭波及，被世間拋棄的老人。

臨別之際，

村裡的長老把「斑鳩」送給了他。

那是可以跟風來抗衡的飛行戰機。

那是即便被擊落了也會發射反擊彈的戰機。

它擁有黑白屬性，

它擁有特殊攻擊，

它能吸收同樣屬性的子彈作為能量釋放，

只要你靈活使用，

聰明計算，

得分可以雙倍甚至是三倍往上，

只要你嫻熟地將其訓練，

它就會給你帶來生的希望。

用「斑鳩」自己的話來說，

它沒有出生過，

所以不會死去。

理想事物沒有滿足，

就不會屈服。

它出發了，

就是理想出發了。

它出發了，

就是生的意志萌芽了。

你對它的練習，

就是對自我意志的練習。

你可以避開前面連擊數的子彈輸出，

但也就失去了克服內心的意義。

加油，

練習過後，

就是過關。

繼續能量的鐳射，

力量的解放。

在電光火石之間，

放肆的往前飛翔。

那一刻，

你彷彿和斑鳩化為一體。

你能看到它火熱的心跳。

哦，也許那就是你的心跳。

那不會死去的理想。

《來自雲端的風華》

試問，
世間的美有幾種風情？
或許，我不該輕易地問出口。
又或許，你不該輕易地回答。
翻開神話書，
你隨意停留下的目光，
就是一種美。
或是白衣嫋嫋，
或是長髮飛揚，
或是那誘惑的眉眼在剎那間的凝視，
或是希臘腳背上的盈盈優雅，
捲走了風華，
傾訴著神秘。
這樣的美不具形狀，
立於靈魂之上。
在北歐的神話裡，
世界是一顆大樹，
樹茁壯成長才能將天和地之間留出空間，
給人們呼吸和活動。
而負責這棵樹的命運女神，
預言這樹一旦失去活力，
世界末日也就隨之到來了。
黃昏的宿命似乎無法抗拒，

可是神們是最不信邪的，

他們喜歡扭轉宿命。

於是派女武神下凡人間，

尋找在人間中最強的戰士，

收集他們的靈魂去往神界，

來挑戰宿命。

銀絲之間的縹緲貫穿著由心散發的堅毅，

白色盔甲下柔軟的身軀肩負著這份沉重的使命，

來到人間。

她卻忘了問——

為什麼會選中她來完成這個任務。

是榮譽？

是天命？

還是背後有著一個秘密？

不過沒關係，

命運手心上的紋路，

你是永遠都猜不透的。

它自由安排。

當她來到人間索取那些為非作歹該死的壞人的靈魂時，

她封存的記憶也就在慢慢地……

悄悄地……

打開了。

原來，她是人和神共同構建的。

所以她才能在人和神之間提供橋樑，

才能擁有三個精神體，

可以宣告人類的死亡，

可以引領他們登上天堂。

也正因為如此，

她充滿了危險性和不穩定性。

她的記憶必須被封印。

而她一旦覺醒了，

就不再是神界的傀儡，

她想要找回自己被封印的心。

她不能做一個諷刺的女神，

不能在支配別人命運的同時卻無法支配自己的！

前世，今生，

漂泊朦朧的記憶是連接一切的存在。

有這份記憶，才有存活於世的證明。

不管是矮人還是侏儒，

怪獸還是精靈，

他們被諸神賦予了智慧，

卻也被桎梏在規則裡。

若是反抗就會成為石頭。

他們需要收集地下秘藏的寶藏，

造出神們需要的神器，

造出他們自己的價值來。

這就是萬物生。

創造者有屬於自己的命運需要對抗，

而被創造者也有屬於自己的命運需要爭取。

哪怕前路迷惘如置於大霧，

哪怕壓迫在身上的是不可搬移的勢力。

可是那又怎樣？

勇氣，

是奇蹟的代名詞。

勇氣，

是逆天改命的核心。

勇氣，

是神和人，

都寶貴的神器。

勇氣，

是年輕貌美的女武神找回自己記憶的唯一。

那些悲壯的英雄故事，

那些可愛的人們，

都是因為這兩個字，

才閃閃發光。

穿過雲層，

女神的肩膀折射著光芒，

我微微啟唇，

對她若隱若現的背影，

喊著她極為好聽的名字，

蕾娜斯，

目送她去天堂舞動屬於她的世界……

《升維的紅帽子》

世間最快樂的事：
是吃到喜歡的食物，
見到想見的人；
以及收到喜歡人的禮物或者是邀請。
快樂和幸福，
或許就是兩個想像的兄弟，
只要是其中一個，
都是會上揚嘴角的。
還記得那個穿工裝褲的弟弟嗎？
他最近收到了公主的邀請。
邀請他去她的城堡玩。
弟弟開心地在原地轉了個圈，
迫不及待地要去見自己喜歡的人。
可是當他來到城堡後，
沒有看到公主，
也沒有見到其他人。
你可以想像那種從期待到失望的瞬間墜落嗎？
弟弟大概不知道，
公主做了一個大大的蛋糕，
第一個想到的人就是他。
她想把自己親手製造的甜蜜送給他吧？
城堡空蕩蕩的，
像是一張邪惡的臉在半透明地嘲諷著。

弟弟的心裡有一種不好的念頭，

他知道，

喜歡的人出事了。

好不容易在角落找到一個小蘑菇，

小蘑菇告訴他，

公主被壞蛋庫裡綁走了，

不僅帶走了公主還偷走了能源之星。

壞蛋利用能源之星創造軍隊，

城堡裡所有的蘑菇們都被軟禁了起來。

弟弟知道，

要想解救公主，就要找回能源之星。

為了自己心愛的公主，

整裝出發！

努力摘取星星，

維持體力，

綠色白點蘑菇就是一條命，

四種作用複雜的開關需要好好研究一番，

飛行帽、金屬帽還有隱身帽，

每一頂帽子戴上都是不同的作用，

是加持馬力還是原地修整，

就看弟弟的安排。

練習踢牆跳，注意影子，

滑道上的門道，

方方面面都需要注意。

細節決定成敗，

每一個機械性的動作完成度不斷提升，

回報也會肉眼可見。

讓炸彈國王從哪兒來回哪兒去，

騎上疾風龜，

颯出一道風景線，

救出關在監獄的可愛的星星，

穿過石板堡壘的陷阱，

找到失散的紅幣，

為可愛的正義而戰，

就連冷酷的貓頭鷹都會助他一臂之力。

在幽靜的藍色海灣，

打開四口寶箱，

引出沉睡的鰻魚，

聲東擊西中又有一顆星星收入囊中。

高高雪山裡，

迷路的企鵝寶寶，

焦急的企鵝媽媽，

將這關聯在一起，

形成溫暖的鏈條，

通過滑雪和企鵝過招……

廢礦井裡躲避滾落的巨石，

在地底下求生……

有一點點可怕的地獄火海，

充滿歲月沉澱的有故事的船塢，

變異的野牛存在的冰雪王國……

想像得到和想像不到的冒險，

都等著弟弟。

借用我們普通人的一句話，

關關難過關關過，

事事難解事事解。

不過弟弟才不需要這句話的激勵呢，

弟弟的心臟擁有天生樂觀的寶藏，

弟弟面對奇奇怪怪的難關，

都會可可愛愛地面對。

請不要輕易地給弟弟加油，

弟弟堅定的信念遠在任何人之上。

星星閃耀的不是別的，

是來自弟弟汗水的折射。

過關斬將進入下一關的未知，

勝利的不是別的，

是邪惡遭遇威脅更進一步的曙光。

每一關裡或溫情的意外，

或拼命的輸贏，

或反覆只差一點的可能，

弟弟的臉上從來不會看到氣餒的表情。

亦如我們遇到生活的阻礙，

從來不會有放棄的念頭。

因為我們知道，

我們心裡的那個聲音，

在聽從內心的呼喚。

弟弟要一直可可愛愛，

我們也要可可愛愛～

《暗黑中的魅麗》

蕭肅的夜，

能聽到狼嚎聲。

看，

那一輪清冷的圓月都為之顫抖了一下，

似乎要掉落下來。

嵌在黑夜裡的那碩大的城堡，

像女巫的回眸，

漂亮又恐怖，

讓人不敢輕易靠近，

望而生卻。

可又充斥著巨大的吸引力，

在害怕過後會讓人忍不住往前挪動……

稀薄的雲流裡，

冰冷的空氣裡，

關於城堡的秘密，

一點一點地滲透進鼻息……

呼與吸之間，

彷彿能看到暗夜城堡再現世間——

一個戰士為了解救被綁走的親人，

手持家傳的除魔聖鞭，

來到這裡和吸血鬼伯爵展開激戰。

這是為了守護家人的戰鬥。

生死衝突，

全力一搏，

最終戰士勝了。

這若便是結局一定是美好的。

只可惜，

這僅僅是一個開端。

四年後的一天，

戰士突然消失了。

關於戰士消失的傳聞，

是一個巫師對他進行了召喚，

戰士正是中了咒語才會消失。

是真是假，無人可知。

而糟糕的就是隨著戰士的消失，

各地的妖魔鬼怪又開始興風作浪了。

當初血殺換來的平靜的暗夜城堡，

又重新沸騰起來……

和平被破壞，

勢均力敵被破壞，

正義和邪惡之間的壁壘不見。

這樣失衡的力量慢慢地竟讓一個人蘇醒過來。

———

那就是當年的吸血鬼伯爵之子，

他意識到父親即將會給這個世界帶來新的災難，

必須阻止才行。

他這樣的覺醒，

對世界來說是福祉，

可是對於吸血鬼家族來說著就是背叛。

是的，

立場不同，

態度也就不同。

可是心懷大義的人會明白，

選擇的輕重該往哪裡傾斜。

世界冒險的旅程開始了。

迷霧再次籠聚在一起，

又再一次散開。

突然一片黑漆漆的蝙蝠飛過，

帶走短暫的光明後，

冒險的人有一瞬間能夠看到死神的幸運。

城堡就像是魔鬼開口，

一旦進入，

就不是你自己做主了，

像一盤棋局的煉金研究所，

可以窺探很多道具武器的圖書館，

能到達瀑布的中庭花園，

有時候在複雜的環境裡你需要做簡單的任務，

在簡單的環境裡卻需要做複雜的選擇。

上天入地，

最後清醒的剎那，

才發現原來一直有人在這背後默默地操控這一切。

為什麼呢？

引你去往另一個暗夜城堡，

去往另一個陰暗的秘密裡。

噓。

你聽，

再一次響起的狼嚎聲。

你聽到了嗎？

那是對你再次的召喚。

什麼？

你什麼也沒聽到？

我將目光重新投放到城堡的頂端。

一隻烏鴉飛過，

帶著我所有的不解和好奇。

飛往了更遠的地方……

《呢喃之聲》

緩緩睜開眼睛⋯⋯

彷彿來到了另外一個世界。

陌生而廢棄的城市，

為什麼會沒有人？

建築樓上刻著的奇怪的看不懂的符文，

又是代表著什麼？

雲霧繚繞在神秘中。

撥開雲霧也未見得就能探知過去，

此時此地，

發生了什麼。

踏著雲梯爬到高處往下看一看吧，

帶著好奇之眼，

仔細分一分辨，

是不是發現了殘存的血腥？

是不是氣息間有戰鬥未去的硝煙？

再仔細觀察，

這其實是一個陷入了魔法陣的城市。

經歷過地震，

經歷過全體居民的喪生，

城市的力量等待著交付一個真正可以交付的人⋯⋯

怪物和僵屍的縱橫，

強大神秘的魔法，

荒廢之城裡的寶藏，

誰又可以當其支配者？
武器和防具的合成有多難，
當這個支配者就有多難。
在市街地東這片收集素材、練武器，
只要裝上雷神晶或梟雄石，
可以比較容易地對付聖印騎士。
酒儲藏庫的入口，
是光明和黑暗的選擇，
正式進入職場的通路，
需要解開刻印才行。
在業者工會裡完成殺死兩個騎士的攻略，
以及後面來到酒吧要小心的陷阱……
單手劍和雙手劍這樣的，
攻擊能力高攻擊距離遠的武器，
打持大劍的騎士才能得到；
單手斧雙手斧雖然沒有劍那麼強的攻擊能力，
但比較容易合成。
攻擊能力一般的巨錘，
合成的關鍵需要攻擊持錘的騎士。
最強的短刀收集起來最耗費時間，
要來一點意外之喜和特別的契機。
還有點別的嗎？
當然還有的。
寶箱裡收集的杖，
十字弓，
獲得不高概率的頭盔，
推滑塊才能得到兩個寶箱的手甲，

打死靈法師可能得到的腿甲……

合成的同時，

就是為了在往前開拓場地時有更好的武器，

從野獸們長眠的靈境，

到枯竭的靈泉之廳，

關閉犯罪者的防壁……

一步步用合成的裝備，

在城市裡留下自己的腳印。

往前，

不斷地往前。

踏破沉重的空氣，

直面遠方的魔鬼，

為心中的愛，

通往故鄉的近道，

穿過布傑大道，

看會跡，

過走廊。

這不是終點，

也不是臨近終點。

城市之大，

可以裝得下一場浩劫，

也可以裝得下一份欲望。

緩緩閉上眼睛，

在奮力攻略之餘，

獲得一絲治癒。

聽，

那是平行時空裡獨特的呢喃。

《人類的能量》

世界有多大，
有人會說看地圖就知道了。
展開地圖，
標記的海洋和大陸，
一覽無遺。
我沒看過全部的世界，
因為看世界是一場華麗的冒險。
勇氣是鑽石，
太貴，
我消費不起。
不過我不可以，
不代表別人不可以。
譬如一個把冒險當成畢生夢想放在心裡的孩子王，
眼神裡閃著憧憬的蠢蠢欲動和智慧的光芒，
和同伴打賭集齊冒險神器成為冒險王，
當他拿到精靈石時就敲開了冒險之旅的前門。
而人們總是很輕易地發現和自己同磁場的人。
酒吧裡就有人很快地注意到這個孩子王，
和他一起在礦坑裡完成消滅怪物的考驗，
進入新大陸。
冒險正式開始～
通過一系列的冒險任務，
加入冒險家公會，

在獲得獎勵的同時還能認識一些志同道合的朋友，

組隊冒險。

就像故事，

有開頭就一定會有高潮，

有高潮就一定會有結束。

隨著冒險的深入，

孩子王逐漸來到了地圖的核心地區，

精靈族和人類的誤會慢慢地變得清晰，

未來之森的廣袤詭譎，

虹之山走向許多藤蔓的虹之泉，

像一座大果園一樣的卡夫裡，

一次無情的研究事故讓整座村莊都石化了的奇怪之處，

驅使著他們前往不祥之塔，

還有那可以到達戰士墓地和夢幻之城的吉爾沙漠……

擁有很多珍奇世寶的熱帶原野……

在地下神殿附近的基爾帕頓……

一個地方，就是一段高潮。

一個地方，就是一段冒險。

孩子王最大的目標是阿蘭多，

但是同伴們誰也沒有聽過這個地方。

不過有什麼稀奇的呢？

他們在擁抱山脈前，

也沒想過會能進入多姆遺跡。

穿過厚厚的霧氣時，

也沒想過會看到一艘陰氣森森的大船。

齊心協力把烏賊消滅之後，

也沒想過牢不可破的幽靈船會下沉。

沒想到，沒聽過，

才是冒險中最刺激的所在啊～

途中，

孩子王救了一個擁有一對尖耳，還長著獨角的受傷男孩，

無法溝通，

卻被一支軍隊追捕。

孩子王帶著小男孩逃離困境，

吃下了很辣很辣的果子，

終於能聽懂他的語言，

他們問了他關於霧之海樹的秘密，

幫他重返家園。

美好地完成這段意外的相遇。

因為這段相遇，

他們得到了光之神的祝福。

被大軍追趕至此，

孩子王拼命地護住村民的神像，

雖然只是護住了一半，

但仍然受到村民們的感激和愛戴。

像這樣的途中之事，

孩子王還有很多很多。

我相信，

等到他老了以後，

這些就會是他孜孜不倦的美好，

無比珍貴的談資。

一個人只有一雙腳，

卻因為一顆強大的心，
把足跡踏遍萬水千山，
這樣的能量，
只有我們生而為人才有。
隨時隨地，
每時每刻，
我想，我們都改向這位孩子王學習，
永遠不服老，
永遠看向太陽。

《別樣的美麗》

「很久很久以前」的開頭，
一旦出現，
你就知道這是個故事的開頭，
童話的範疇，
美麗的心動，
沒有反轉，
沒有過多的套路，
但就是百聽不厭的存在。
因為公主和英雄，
就是亙古不變的元素。
但如果你真的對童話留下這樣的刻板印象，
那你就錯了。
要知道，公主不僅僅只是穿著漂亮的服裝，
留著長長的頭髮，
等待王子來救。
英雄也不一定要是威風凜凜的男性——
披著戰衣，拿著寶劍，
公主也可以成為那萬人敬仰的英雄！

那是一個年輕的女孩，
獨自管理著一個國家，
她愛國家裡的每一個子民，
她要守護國家的太平。

可是國家裡出現了很多魔物，

為了保護子民，

也為了證明自己的能力，

這個女孩決定脫下自己的蓬蓬裙和高跟鞋，

去巡視這個國家。

一路上，

她認識了可愛善良的妖精，

志同道合的少年劍士，

他們可靠而勇敢，

他們無畏且真誠。

在他們的幫助下，

公主拓展了眼界，

消滅了魔物。

接受臣民的愛戴，

體驗到自己的國家，

百姓們真正的生活是怎樣的。

這時候公主不是高高在上的公主，

她樂意成為臣民們的守護神，

接受他們給予的任務。

當完成一個又一個看似不可能的任務後，

公主臉上的稚嫩就會多一道成長的饋贈。

她的成長，

在不經意間提高了數值。

她的堅毅，

在一點點地堆加。

原來，

公主的美麗，

可以不只是在皇冠的裝扮上，

還可以在她勤懇的雙手中。

她瘦弱的肩膀，

因為扛著對國家對百姓的責任而偉岸、充滿力量。

她柔和的眼睛，

因為阻止了大魔王要毀滅世界的邪惡欲望，

而注入了無限的強大。

也許你會說，

以柔弱挑戰強大太冒險，

以女孩決鬥魔王太不可思議，

那麼你就是小看了柔弱的力量，

小看了女孩的韌勁。

她猶如逆風中的帶刺玫瑰，

搖曳著魅，

又瘋長著火力全開。

她打敗你，

就在你輕視她的那一瞬間～

所以一定要正視那些別樣的美麗啊，

它會讓你驚為天人，永生難忘！

《迎送者》

風是不是時間的迎送者？

當風足夠快的時候，

時間是不是也能足夠快？

快到能帶走我們的喜怒哀樂？

我想試一試。

讓風刮過我的耳廓，

帶走我腦袋裡的所有，

只留下視線，

看著遠方，

那清淺的山脈，

悠揚的流雲，

不時從身邊先一步衝向前面的車友，

帶著一陣快閃的黑影，

穿過眼角的餘光，

只剩下腎上腺素的飆升，

只剩下本能的把控方向。

很好。

就是這樣──

往左往右，

不放掉，

當能量槽由綠變紅，

時機一到，

飄逸甩尾的秀場瞬間展開！

見過豔紅的九尾火焰翅嗎？

猶如一把火槍，

又彷彿紅色孔雀的開屏，

又似乎那天邊的火燒雲被摘了下來，

美則美矣，

帶著衝擊力的美才讓人無言地只有驚歎！

連續加三次的加速效果，

如何才能運用到極致，

我得再研究研究，

需要對地圖有熟練的掌握和理解。

於我而言，

快感勝過一切。

勝過了賽場是在下水道，

還是在風景如畫的山脈旁，

還是在城市之間狹長的穿梭。

不管對方是蘋果無限，

還是用憨厚來偽裝的企鵝車，大胖子車，

是看不見卻能用碰撞來感受存在感的隱形賽車，

還是張揚的瘋狗車。

我只有一個目的，

夠快。

比所有人都快！

我才不管你是何方神聖，

只要你靠近我，

我就用地雷滾扔你！

我就拿跟蹤導彈對付你！

我不可能把任何贏的機會讓給對手，

或許我不會輕易丟出能帶來的毀滅的炸藥，

但藥水出現的不會落雨的烏雲，

我會頻繁使用，

只要能拖延你的時間，

幫我換得和贏更近的機會！

當然，我也會提防別人對我的攻擊，

那衛星雷電球一旦出現，

可是電閃雷鳴，

猶如困獸。

我需要保護膜很好地將自己保護起來。

可以讓所有人暈眩神秘的鬧鐘，

可以把對手踩扁讓自己短時間騰飛的火焰噴射器，

太多技巧小道，

需要運用全面的智慧，

轉動起來，

將它們一個個發揮最好的效果的同時，

也要提防它們帶給自己的危害。

我要全面，

我要贏得鉑金鑰匙，

我要找出真假王者。

當我跑的足夠快，

就會有時間老人和我一起跑的影子，

我在地圖上會看到我留下的黃星星，

我要親自選每一個關口，

我想看看更快的外星人到底長什麼樣子。

我要讓可愛的世界留下我酷帥的速度，
狂炫的背影，
我要我賽車上的旗幟在空中飛揚！
如果說，風是時間的迎送者，
賽車是我快感的迎送者，
那我就要當自己快樂的迎送者！
我要把快樂極致化、速度化、飛快化！
衝吧，少年，
我們沒什麼可以顧忌的。
因為時間，總會把所有的顧忌，
統統帶走！

《夜色裡的奔跑》

碩大的月亮，

總會把世界的一切歸於寧靜的假象。

這或許就是月亮的邪惡力量吧，

在那一輪圓月下，

空氣裡的不安分因子就像被執行了聖旨，

像一支大軍，

極具力量！

在那一片墓園裡，

猶如從冥界爬上來的綠色樹枝和藤蔓，

繞過掩埋屍骨的土地，

爬向那無盡無往的深淵……

只見……

一個慢慢悠悠的骷髏先生，

他扛著像水管一樣的插座，

走了過來。

它的臉只是骨頭，

看不出表情。

但就是從那骨頭的臉上看到了被驅使的邪惡力量，

插座插入土地的一瞬間，

一股暗紅色的電流充斥著整座墓園，

一直通到盡頭的房間。

天哪，

那是暗黑界的教父在操控著罪惡骨頭軍隊！

只見所有躺在地下的骷髏統統都復蘇坐起！

他們像是被充斥了靈魂。

不，那不是靈魂。

那是教父的意識。

他們似被困在了教父強大的意識裡，

無法掙脫。

可是混沌中，總是會有一股清醒的。

哪怕這股清醒是微弱的。

其中的音樂家博古先生就是這清醒的存在。

他不要受教父的控制！

不要被暗黑所操控！

為了阻止邪惡發生，

為了趕在教父妄圖用陰謀控制整個世界之前！

他要阻止這一切的發生！

那用什麼來阻止呢？

這個世界上有三種力量，是最為強大的！

一種是美食，

一種是愛情，

一種是音樂。

而音樂家博古先生恰恰就是音樂的得意者！

他要用音樂的力量來阻止邪惡的力量！

而他的武器，就是一把電吉他！

而他的身體，也是武器啊！

拆解和組合，

尋找和追回。

當無奈骨頭和骨頭之間沒有那麼緊密的連接，

一不小心弄丟了身上的一部分，

也是沒有辦法的事情呢。
心酸和好笑，
就像一對孿生姐妹，
掛在博古先生的身上～
黑暗中，
看不到黎明到來的夜色裡，
骨頭先生們在奔跑著。
不必費力想像，
都可以知道——
這是一副怎樣顫人心弦的畫面。
千萬不要輕易地對視骷髏的眼睛，
那幽藍色的恐怖，
像是可以看透人心。
那似笑非笑的骨骼嘴角，
像是在笑著說：
人間即是地獄，
地獄即是人間，
哪是你能輕易跑出去的？
在暗黑裡反抗暗黑，
如同在白色裡尋找白雪，
太難，太難了。
那飄在半空中的一抹霧色，
是幽靈的吟唱。
你聽見了嗎？
那背後陰冷的注視，
你準備好回頭了嗎？

《合作》

我們有超越五千多年的歷史，
我們的歷史書有厚厚的一根手指，
我們在一片血色迷霧裡，
對古人的過去，
無法一下子理清前世今生。
可若是跳出來看，
人類，無非也就是那點事兒——
權益的爭奪、
愛恨的情仇、
戰亂中尋求和平、
和平里惦念戰爭。
但凡世事，
就逃不出這些的框框架架。
目光望向某處的兩國，
也是如此，
短暫的和平裡，
是雙方各有暫時休戰的理由。
而不甘就在這表面的和平裡慢慢滋生，
如細菌一樣，感染開來……
一次和平首腦的會議上，
邪惡的僧侶們假裝其中一個的國王，
綁架了另一個皇帝，
將好不容易換來的和平再次扔進腥風血雨中。

可見，和平，

只是另一種震盪的偽名詞。

戰爭開啟，

那麼想要贏得勝利，

掌握話語權，

就要有指揮的頭腦。

騎士是強壯的物理攻擊，

適合肉搏；

魔法師是軟性的化學攻擊，

適合多變。

弓箭手是擅長遠距離的定向攻擊，

適合放哨。

每一個攻擊種類，

都有不同的鮮明屬性，

你擅長指揮，

他們就能事半功倍。

你擅長分配，

戰爭的結果就會對你友好如朋友。

加速成長，

學會技能，

轉換功能，

不管是指揮的人，

還是被指揮的人，

都需要帶上頭腦才行～

除了超強的戰略性，

當你和另一個人合作無間，

共同地對付了一個敵人，

你們之間的感情還會升溫。

猶如歷史的長河裡，

鐵漢往往都有柔情。

在這樣的情況下，戰鬥力和防禦力的提升，

可以增加會心一擊的概率。

這是告訴你，

不要一味地想著結果，

過程裡的感受性，

更為重要。

而這些看似微不足道的感受，

會在接下來的挖掘秘密裡，

形成更深入的結合。

譬如充滿寶藏的墓地，

想要得寶就要打敗怪物，

戰術性的分開，

同時在兩地完成任務～

相當長的冒險過程中，

你會充分感受到：

一個人的力量是薄弱的。

合作的力量才是強大的。

《用心守衛》

一處島，

一座地，

有講究的風景，

若是沒有講究的風景，

一定也有暗藏的資源。

可能兩個都沒有嗎？

不可能。

人性的貪婪，

會讓沒有變成有。

這便是深海之處也會看到人類的原因。

將鏡頭瞄準某島，

看似荒蕪，

實則已經被一支隊伍占領，

他們要救出自己的首領，

還要掠奪不屬於他們的武器，

否則就要發射威脅性核彈。

不能讓這件事發生，

不能讓小島沉淪。

準備好了嗎？

已經退役的上校被請出山，

來指揮這次的行動。

你是主導完成的成員，

你需要潛入碼頭的海裡，

拿軍糧和觀察環境。

和上校通話太耗費時間，

敵人的巡邏有些頭疼，

通過雷達的顯示，

可以從縫隙處爬過去，

雖然有些狼狽，

姿勢不太帥氣，

但躲到叉車的後邊可以溜過去，

避免和敵人正面交鋒，

少了一些鬧動，

多了一些隱蔽。

停機坪上的道具趁燈光照過來之前必須拿走！

左邊的屋子裡的監視器，

用電子干擾炸彈將其癱瘓！

但我選擇利用死角溜過去。

敵眾我寡，

能少些動靜總是好的。

為了躲避一樓的衛兵，

爬進黑漆又髒亂的通風道裡，

瞬間迷失掉方向。

但與此同時，

我聽到了上校的聲音：

跟著老鼠走。

這就是生存技巧～

乘坐電梯來到二樓，

紅燈的門，

沒有鑰匙卡，

好不容易再爬一次通風道，

來到人質的房間。

好不容易從人質的口中得知——

發射核彈需要兩組密碼，

而敵人已經得到一組發射核彈的密碼！

不過想要阻止還是有辦法的……

突然！

人質倒地！

戛然而止！

而這不是最後一次，

是一個開始！

會開口說話的學者專家，

一個個接連倒地。

牢房外的衛兵發現了入侵者，

你無可避免，

一場射殺。

待拿到鑰匙卡，

回到一樓不能打開的門，

下到地下二層，

來到武器庫。

你是不是沒有看到衛兵？

你是不是心生疑惑？

無法用眼睛和邏輯來判斷到底是什麼情況，

但直覺告訴你，

危險就在周圍。

如果你夠幸運，

你就能避開地板的陷阱，

拿到牆角的炸彈，

炸開兩個洞口，

發現第二個人質，

就能取得武器……

你發現了嗎？

敵人的堡壘往往是從內部攻破的，

這一點在這裡可以施展開來。

只要你配合上校的指揮，

行動時用腦子先踩點。

小島的主動權還會在你手裡。

核彈就發不出去。

我只給你開了前菜，

接下去的路，

得靠你自己走出新的篇章來。

每個人的選擇不同，

故事也就不同。

只要我們用心守護的和平，

是相同的就好。

《王者風範》

鳥兒的翅膀，
是一對平行的夢想，
人們總是仰望天空，
渴望自己可以化為飛鳥，
翱翔在自由裡。
視角的不同，
世界也會不同。
想像一下，
白雲如水霧一樣飄過⋯
藍色天空如地毯一樣在腳下⋯
原先計較的變成不重要了，
原先在乎的不需要在乎了，
唯有一種感受——
我就是這個天下的王者。
而王者和王者也是有所不同的，
F16 的戰鬥機精緻小巧，
散發著光芒的機翼承載著戰鬥中的輕盈和快速，
一飛衝天。
不管是夜戰能力，
還是發射空對地導彈，
都令人側目。
F104 的簡約和提速兩倍的特性，
形成了最奇妙的反差萌，
而被稱為鬼怪的轟炸機，

性能均衡，

對地攻擊能力也不弱。

側翼傾斜，

帶著傲嬌的轟鳴而來。

還有不需要依靠地面基地支持，

可以在敵區系統佔領高地的 F15……

太多優秀的如數家珍了，

或許，這就是王者的各有風采吧！

你描述不出絕對的樣子，

也記不全它全部的存在。

而只要它出現，

你就發出同樣的感歎。

儀錶，

地圖，

任務。

使命必達！

混沌的長空，

一瞬而過的火花，

剎那間出現，

又剎那間熄滅。

在虛擬的電子空間，

那誇張的電光火石，

在破碎的天空，

試圖彌補的時差，

不被歌頌的戰爭裡取的歌頌的成績，

詭影蒼穹裡衝破而出的光明，

聯合突襲到解放戰火的英勇無畏，

突擊地平線昇華到戰火紛飛，
王者一直在挑戰自我，
我們也在一直不斷進步。
五大陸和五大洋就是王者的戰場，
我們在這裡實現偉大的夢想。
去過赤道，
穿達過東西緯度的兩個極端，
占有龐大面積的王國傲然西亞，
也有小國在其中夾縫生存。
發生戰爭的地方最終的目的是導向和平，
而和平的前身，
又往往是戰火紛飛。
炎熱的沙漠，
濕潤的森林，
寒冷的雪山，
廣袤的冰原，
在空中往下俯瞰，
它們太渺小，
因為我們在它們之上，
而當我們身處其中，
我們是渺小的，
它們將我們包圍。
於是，我們想成為可以飛的征服者，
我們希望自己無限強大。
來，飛一個吧！
為了我們心裡的蠢蠢欲動和躍躍欲試。
起飛。

《自我反擊》

美妙的夜像一個巨大的容器，
更像是一個玄幻的舞臺，
可以裝載下各式各樣超出想像的場景。
是的，
哪怕你經歷過很多，
哪怕你覺得沒有什麼可以驚嚇到你，
你依然還是可以聽到或者看到別開生面。
因為，世界沒有邊界，
我們的眼界才有邊界。
比如，
某市某刻，
在某一個歌劇院，
一場值得欣賞的歌劇在如時上演，
黑暗中，
觀眾通道推門進來兩個身影，
一位面容漂亮身著華服的美女警官，
另一位英俊清秀的年輕人，
大家沒有發現他們的姍姍來遲，
目光都在舞臺上。
就在這時，
舞臺上的女主角放聲歌唱，
突然之間！
舞臺上下都燃起熊熊大火！

美女警官不顧火勢，

飛奔上舞臺和女主角陷入決鬥！

正不壓邪的這個詞再次散發著它的效果，

女主角敗落而逃，

美女警官跟著一個小女孩來到化妝後臺，

幹掉一隻可以變身的老鼠，

就可以得到子彈。

來到走廊的盡頭，

發現了一具燒焦的屍體。

或許，這一場奇怪的大火，

就是從這具屍體開始。

警官遇到屍體，

就如同一把鑰匙遇到了一把鎖。

將其解開，

是一種本能。

回到鎖上的房間，

右側有一隻變身鸚鵡，

讓它和之前的老鼠有一樣的下場，

這次獲得的是藥品。

左側的房間裡則可以在鏡子前找到女主角的日記，

還有排練房的鑰匙。

是的，

日記裡有女主角的秘密。

而排練房裡則藏著之前逃走的女主角。

短暫的幾分鐘裡，

奇怪的事情接二連三，

邪惡本主去而復返。

你有預感到什麼嗎？

沒錯……女主角在等她！

別以為你和我是站在對立面；

我們的影子是交融的；

我們其實是一類人；

我們需要通力合作……

等等。

這些話你聽著是不是很熟悉？

像極了生活裡那些對你催眠的人，

希望你放棄你的原則，

放棄你的信仰，

生活圓滑一些，

你需要如何，

你應該如何……

哪怕有一點動搖，

你都不會像這位女警官一樣，

有後續的故事了。

———

又是一場打鬥，

女警官再次醒來時發現了一個下水道，

義無反顧地追下去後，

女主角分解成一團黏糊的物體從鐵門穿過，

離開的時候從身體裡分離出的怪物被女警官帶回了警局。

這可以從人的身體裡出來的怪物，

引女警官去後臺的小女孩，

這奇怪的女主角，

太多值得挖掘疑點的地方了。

彷彿是一個巨大的謎團，

剛剛亮相。

你完全未能看到全身。

一切剛剛開始，

未知的恐懼、

背後企圖消滅人類的驚天陰謀，

憑藉你獨自的力挽狂瀾，

單單聽起來就是太浩大的功臣。

可是人類就是這樣，

自詡自己的智慧，

常常做螳臂當車的事情。

因為我們心裡有信念，

眼底有彩虹。

躲避不是發慫的表現，

攻擊也不是靠蠻力去拼，

不斷升級的裝備是你打敗怪物因素的決心！

而決心沒有頂峰，

裝備的武力值也沒有上限！

沒有最強只有最強，

就是我們戰鬥的口號！

看，我們是如此頑強，

強過怪物的生命力。

來吧，

讓我們一起自我反擊，自我救贖！

《破曉之後》

歲月匆匆，

經典無數。

有太多的精華被我們聰明的人類——

創造和保留。

一首詩，

一剪梅，

一把劍。

我們都像極了撒向大地的銀輝，

隨處拾起，

一撮便是最閃亮的存在。

千百年的孕育，

黑暗，光明，

邪惡，靈氣。

缺一不可，

相輔相成。

而當黑暗和光明一起，

便成了人間。

而當邪惡和靈氣注入到劍中，

便成了邪劍和靈劍的存在。

到底是誰更勝一籌？

受邪劍和靈劍召喚的武術家們，

需要各持一方，

比拼輸贏。

於是，

一系列的故事就開始了。

在這冗長的、

誰也不想先輸的對抗賽中，

漸漸滋生了刀魂邪靈的噩夢，

有了擺脫邪劍控制而贖罪的人，

有了狩獵劍魂碎片的人，

有了想要打破自己不祥之身改變命運的人，

更有了成為邪劍奴僕的人……

對抗中醞釀出的每一個不同的人生故事，

都在為這份經典添磚加瓦，

成為你的。

或者是我的老來談資。

這太有趣了！

不是嗎？

你想成為怎樣的人，

你就選擇成為怎樣的人，

打倒新的強敵，

打倒邪劍產生的怪物，

由此取的更犀利的武器，

施展更強大的必殺技。

你可以成為自己的主人，

甚至可以挑選誰成為自己的戰友，

誰不可避免地成為阻礙的敵人。

在這之中，

你會發現，

沒有人是完美的。
或多或少的破損的命運，
都能讓我們會心一笑，
欣然接受。
賭上性命，
奮力一搏。
讓靈魂散發出強大的能力，
不管是哪處國籍，
哪方武器，
哪個流派，
當決鬥開始，
我們就是棋局上的棋子，
相互而對，
突圍求勝，
那捶到實處的近身博弈，
刀光劍影的皮開肉綻，
下一秒即刻歸魂的滿血復活，
一片落葉飛舞而下，
外面的風跟著伴奏，
聽到那音樂裡暗藏的伏線了嗎？
細細地品，
我們也在其中。
在破曉之後的夢魘，
迎來曙光，
在試煉之後，
接受衝擊，

在面對恐怖的英雄，

虛空的王者，

貪婪的愚人和勇敢的鬥士之後，

會得到微小的勝利、鮮花、影像和工匠……

我們會得到機遇的得意，

上蒼的偏愛，

也會聽到敗者的哀嚎，

看到地獄的信使。

邪劍和靈劍也許沒有高低之分，

只有正義的選擇。

很後來的時光裡，

每一個我們，

面對日出西落，

都要學習怎麼保持住該有的靈氣，

和善良的靈魂。

《神奇》

世間萬物皆是神奇的信徒，

但最大的信徒你知道在哪兒嗎？

我以前不知道，

現在才知道——

那是在少年的腦袋裡。

那小小的腦袋，

充滿古里古怪的想法，

每一個跳躍都能幻化為神奇。

沒有框架，

無從設定。

隨時隨刻準備驚豔到你。

我有幸，成為信徒。

有一天，我打開了一本書。

我不知道我打開了一個神秘的次元，

當我不知不覺穿進到這個次元裡，

睜開眼睛看到的，

是一個美麗的小島——

有番茄紅的夕陽，

有碧綠色的參天大樹，

有奇形怪狀的建築，

有神秘莫測的雲霧。

連空氣都透著慢節奏。

這樣宏大的美麗會給人天然地產生錯覺：

我推開神秘的木屋會看到一個受傷的獵人，

他有驅趕邪惡的託付，

但其實我看到的只是一個悠閒喝茶的中年人。

我救助到一隻受傷的小鳥，

小鳥會變成唯我獨尊的靈寵，

但其實小鳥就只是小鳥，

它沒有任何魔法。

我走在大海旁邊的案板，

以為會從天而降危險的蒼鷹將我帶走，

但其實我就只是從這頭走向那頭。

這個島，不會給你超出你想像的危險。

反而也是與眾不同的驚喜呢～

我意識到我正在走的路，

曾經也有人走過——

那是一個父親和兩個兒子。

父親不見了，

兩個兒子有能力穿越不同的次元，

可以根據自己的意願更改次元。

這是一件很酷的事情。

但隨著父親的死去，

他們被困在不同的維度困境裡，

將父親的死逐漸怪罪到對方。

和睦的兄弟，

有了不和睦的理由。

我沒有姓名，

踏著空白的背景，

進入到這樣的設定裡。
我可以選擇不同性格的披風，
我可以成為不一樣的自己，
但我不變的，需要明確的，
是把他們兄弟兩個解救出來。
我需要解答謎題，
我需要通往四個世界，
找到神秘書中的一頁，
將它們的內容合併在一起，
就可以知道下一步要怎麼做了。
這聽起來是不是很酷？
但實施的過程就比較艱辛了……
比如我是個對方向不太敏感的人，
在環境複雜的小島上，
我最常做的事情就是迷路。
隨時需要決定該往哪個方向走，
隨時要破解當下的環境謎題，
完成一些操作。
這讓我常常懊惱自己不是一個天才！
沒錯，
這就是我的感受。
實在沒有經驗可循，
實在沒有前路可依。
每一個抬眸，
都是新鮮的，
每一個困難，
都是獨一無二的。

哪有那麼多的驚險時刻，
哪需要轟轟烈烈來證明少年人的熱血青春？
日常的夕陽，
早上的露珠，
經過樹林時不小心掉下來砸到腦袋的果實，
也是青春啊。
我也許是最安靜的一個，
沒有張揚的披風，
沒有先進的法物，
只是擁有一顆好奇又赤誠的心，
試圖把這些都裝入瞳孔中，
帶進記憶裡，
印刻生命去～
童話太美，誰能抗拒？
穿梭在白雲的天空，
一個不留神，就會墜入大海的擁抱，
魚兒在耳邊竊竊私語，
問你來自何方，要不要一塊兒去旅行。
那感覺太美妙了——
這一路上，
心臟被武裝強大，
血肉被磨練成神。
嘿，朋友。
既然來了，要不要一起結伴同行？
到時候，你也會歎一句：
神奇！

《三次的高潮》

時光如梭，

眨眼功夫，

人生匆匆數十載，

彷彿也就是昨日今天。

那麼，一千年又有多遠？

一千年又可以發生怎樣的宏偉橋段？

這太難想像了。

就像遠古的神獸時代，

會有怎樣的主角，

主角會有怎樣的使命，

這真的真的，太難想像了。

當我睡著，

入夢中來，

一個身上閃著光的女神從天而降，

她有一個美麗的名字，

她有對抗魔王的使命，

她集結了所有的力量來鑄就了一把聖劍，

我的第一反應是靜靜觀察，

而不是去快速靠近。

可能，

我是一個合格的看官，

序章已開，

故事已啟，

我需要做的就是靜靜觀看，

而不是先去打擾。

幽幽韶光一晃便是千年，

從女神的祭師肩負著監視魔族復活的使命開始，

輪迴轉世，塵世浮沉，

想要對抗魔族的力量，

就要有一個天選勇士來匹配這把聖劍，

在解除危難的生死時刻，

用來守護和平。

時光的齒輪在轉動，

光明和黑暗不會消失，

聖劍的傳說就一直在繼續……

充滿欲望的人類尋找著這把聖劍，

企圖得到這背後的無窮力量，

帝國的上方，

血色籠罩，

正義被邪惡暫時壓制，

幸得一個王子重新奪回，

背負著傷痛和鮮血，

讓勝利歸位。

這中間的血雨腥風是浩大的，

是超越想像的。

不等我看完史詩般的決鬥，

不等我回過神來，

戛然而止的暫停鍵悄然按動，

我需要再看清一些，

才能搞清楚激烈的戰鬥之後這片土地要歸於何處，

時光流逝數百年後光與暗平衡後，

國家的繁榮逐漸衰退，

毀滅又進入重生……

傳說演變成新的傳說，

大陸上的格局重新洗牌，

強國不再是強國，

小國也有吞併大國的可能～

魔劍的封印即將解開之前，

一個少年憑空而出，

吸引著擁戴正義的同伴們成為了一個光輝軍團，

比起之前雙方相鬥傭兵的呆板，

這一次，注入嶄新的活力，

取得勝利有了更多的可能性。

步兵的一往無前；

騎兵的快速靈活；

飛兵的自由躍進；

法師的魔法控制……

不同的職業切換著不同的優勢，

利用轉職之石，培養職業成長，

配合激烈的戰鬥，

書寫著專屬於自己的傳奇！

噓，我有點累了。

闖蕩了兩次的高潮，

我想看一點平靜的故事。

遠處有一個聲音對我說，

那我們回到過去的起點看一看吧！
我發現這個聲音有點耳熟，
是女神的召喚。
過去的起點嗎？
我喃喃開口。
為了防止魔物的進攻，
必須解放女神之門。
那是女神用自己的力量設置的結界，
那是她的光芒所在。
但女神大概沒想到，
地獄的阿修羅總是會超過人間的想像的，
當所有人以為戰爭結束，
魔族之劍就這樣抵消了女神之門的力量，
猶如冬日的雨，
忍了許久到底還是淅淅瀝瀝地下來。
當中門大開，
魔族有了同盟，
女神需要維持心裡的盛世。
第三次的高潮再一次要讓我大開眼界。
我是期待的，
我也是興奮的。
等我闔上夢的最後一頁，
我會告訴你，
最後的結局走向怎樣的未來。

《初然夢醒》

牛奶和麵包的搭配，

在起初的新鮮過後，

因為日常的習慣，

美妙的滋味也打了折扣。

仍舊好吃，

卻沒有了眼前一亮的新奇。

生活的本質，

就是沒有新鮮感。

就是無數的小習慣堆加的大習慣。

可是有些人偏偏不要這樣的本質，

偏偏要在平淡中加一點刺激的辣椒粉。

大多數人庸碌一生，

少數人註定扮演著不平凡的角色。

於是，

生活之外，

便有了故事。

不可思議、千奇百怪，

夢幻非常、奇異華麗。

花朵的誕生是為了點綴世界、

黑夜之後的黎明是為了給世界帶去希望、

光的後裔是為對抗黑暗而生～

操控一個國家的力量若是正義的，

那這個國家的人民就會走向美好；

反之，
等待這個國家的就是走向地獄的毀滅。
不管在何時何地，
拯救似乎是不變的主題。
大家都有向上向善的心，
那藏於宇宙裡的茫茫天地就永不會絕跡。
當你把這股力量匯聚成一個少年的模樣，
不難想像，
那漫天混沌中，
他身戴披風，
引領著千軍萬馬，
站在天地之間，
一聲號令，
就帶兵衝向邪惡。
那清澈如泉湧的勇氣，
是我們內心深處都無比嚮往之的珍貴。
雖然沒有重裝的甲兵，
但爬牆如螞蟻般的敵人不計其數，
沒有隊友的幫忙，
無法輕易地從危險中撤退。
當站在邪惡之巔的國王帶著一抹微笑出現，
不用懷疑，
先撤退不是當了慫包，
而是需要儲存力量不被輕易剔除。
惡魔斧高高舉起，
揮下去不是為了產生殺戮，

而是為了阻止黑暗。
若是陷入了敵人魔法的糾纏，
也不必驚慌，
想要通過戰爭來獲取光明，
本身就不是一件簡單的事情。
來吧，讓我們腦海裡的故事來得更猛烈一些，
他們的打鬥更激烈一些，
地方援軍在教堂附近，
保護村民能撤退，
就可以獲取一條項鍊。
請相信，這是禮物。
隨著敵人的防禦力越來越強，
救援的過程越來越難。
失敗的風險極具攀升，
那些在救援過程中加入進來的勇士，
逐漸會迎來他們各自的命運。
中毒箭而死、
殺伐中陣亡。
奪回城池的過程裡，
被追擊受傷。
協力作戰、過河走水，
飛兵過招、騎兵交錯。
召喚神獸用作輔助……
終於來到帝都之下，
面對左右包抄的困頓，
小心對方的弓箭手！

城堡之上……

豁然夢醒！

終於可以見到最後要出現的主角。

而真的可以見面的時候，

才是過招的時候。

選擇是繼續進攻，還是適時放手。

這是那個少年的判斷，

也是你的意願。

我想，我們不違反本性，

邪惡和善良並存，

但會偏向善良多一些。

不趕盡殺絕可以換來和平，

沒有人會不願意偃旗息鼓。

因為在傷害對方的同時，

也是在消耗自己。

夢醒，

戰隊仍在，

若有需要，

可以隨時再次出動～

《衝開謎題》

特別的名稱，

特別的意義，

特別的由來，

都是因為有一個特別的故事在做支撐。

你留意過你身邊的微小嗎？

哪怕是每天經過時的一棵樹。

承受風吹日曬，

它是不是在哭，

是不是在笑，

是不是陪伴你許久而你不自知？

你是否想過，

就算是這樣一棵樹，

也會有名字。

而這個名字就是特別的？

對於一個叫涼的少年來說，

父親帶回來的兩面銅鏡，

所帶來的經歷更是特別的。

突如其來的陌生男人向父親索要鏡子，

父親突然離世，

鏡子的謎團，

還有那個下殺手的男人的身份，

就像一個個雪球，

要將他埋入迷霧的底下不得起伏。

為了存活，

為了站在真相的頂端，

他前往陌生的國度，

碰到陌生的人，

那魯莽又有些天真的脾氣，

總是會忍不住地在考慮清楚前就行動，

還傷害到了父親臨終時告訴他多交的值得去愛的朋友，

那是之前沒有過的經驗，

也是無可取代的寶藏。

探索謎底的過程是漫長而危險的，

在每一次的意外中堅定信心。

有時被支持，

有時被勸阻。

少年永遠無法預知未來，

但他不斷地和過去和平相處。

有時候旁人隨意的一句話，

很可能是線索。

情報的收集，

是不斷還原謎題的旋律。

通過對話，

獲取消息，

事件的發生，

少年才會有進程。

情報會自動記錄在筆記本裡，

需要細心觀察，

才能獲得通關的蛛絲馬跡。

少年傳承於父親的武術精神，
會在需要的時候進行比武賺錢，
賺取收入。
格鬥的能力，
隨時隨地都可以提高。
也需要提高。
通過傳授也好，
書上學習也好，
停車場的練習也好，
不知不覺的提升，
也會帶來不知不覺的受益良多。
當披荊斬棘剖開重重迷霧，
涼找到了重要的線索人，
一位是女性的桃老師。
涼的報仇心切溢於言表，
桃老師不願幫忙，
但暗中還是偷偷給了助力。
來到黃天樓，
找到殺父仇人。
原來兩面鏡子的秘密，
是一個寶藏開啟的鑰匙。
到製作鏡子的鳳凰鎮，
涼碰到了在夢裡多次出現的女孩。
女孩的父親留有一封信。
在採石場涼找到了一把劍，
和女孩合力觸發機關。

光芒照耀了整個採石場。

劍緩緩浮到半空。

兩人四目相對，望向劍。

就在這裡，

時光停止了游標，

戛然而止。

寶藏到底是什麼，

未來會是怎樣，

都在他們的腦海中，

在你的想像裡。

你可以編織很多種可能性，

只要你願意，

你選擇的，

就可以是結局。

請偷偷告訴我，

你選了怎樣的未來。

《飛躍》

呼嘯而過，

暗暗蓄力的馬達聲，

精緻的外觀，

囂張的黑白旗，

那飛躍而過的風景線，

不需要定睛，

就可以瞬間將那出眾的華麗刻印在心裡。

這就是賽車的魅力。

盤旋的彎道、

腳心下踩到底的放縱感，

實在是太酷了。

如果你還沒有體驗過掌握方向盤的快感，

我實在不知道該怎麼向你形容，

形容這種美妙的感覺。

彷彿把失控的人生重新拉回，

彷彿喜歡的飲料完全沖進嘴裡，

彷彿看到愛慕的人朝自己奔跑而來。

這種感覺，

你能明白嗎？

如果你還是不能明白，

那我只能說，

人生的遺憾就太大太大了！

十六條賽道，

甩尾的得意，

不講究什麼方式方法，

只有一條，

速度感。

你努力甩尾的得意可以化成指數，

一定時間利用硝化甘油夢裡加速，

不僅可以瞬間拉大和對手的距離，

還能在緊要關頭扭轉乾坤！

反敗為勝！

這不就是逆風翻盤的刺激嗎？！

在疾馳的路上，

領略來自世界各地的風景，

你不需要做太攻略，

每一場視覺的盛宴都會來到你的面前，

讓你迎接更強的對手，

讓你對每一場風景都有獨特的記憶點！

夢幻的競賽空間，

微微顛簸的真實感，

輪胎和路面的摩擦感，

你絕對不是在做夢，

不是在跟自己虛驚一場。

而你的愛車，

也絕不是只有一款。

山脊上細微角度之間的危險碰撞，

險象環生，

是只有在這裡才能體驗到的驚險難得。

抓住你瞳孔的只有那分寸之間的你追我趕。

就差一點……

就差一點了！

再穿過一個之字路，

就能看到女神的勝利微笑在向你招手了！

隧道出來的第一個弧度，

你要小心。

因為它比想像中的大，

稍稍的甩尾過去吧！

彎位前會經過一段起伏不平的路，

穩定好再向左轉，

否則車身會不穩。

看吧，

除了重視感覺之外，

如果再加一點技巧，

那麼你的爽感就會持續在高位，

不必下來。

黑暗中的燈光，

白日裡的陽光，

嗖——

交替之間的時空錯覺，

在一瞬間脫離，

又在一瞬間抽回！

靈魂在半空漂浮著，

嗯……

快了，

勝利的喜悅快要撲面而來了。

我們在終點見。

到時候，

我一定會給你一個勝利又得意的眼神！

不見不散，朋友！

《向陽而生》

我最喜歡的花是向日葵，

它的向陽而生，

注入無限光芒和正義的能量。

沒有人會喜歡黑暗。

我們終其一生追逐的都是光明和幸福。

可是不喜歡，不代表那就不存在。

這個世界之所以豐富多彩，

就在於其包容性沒有上限。

在某一個安靜的夜晚，

你睡著的同時，

這座城市的某一處發生了一起命案，

需要人去阻止黑暗的擴散。

去調查真相的員警小組莫名不見，

來到事發地的同事又被怪物追擊進了神秘的洋樓。

洋館內的搜索，

總是不夠的彈藥和槍支，

需要避開的僵屍，

以及找到開啟秘門的鑰匙，

迂回的尋找路徑……

道具欄的格數少的可憐……

讓人的心提到嗓子眼的氣氛音樂……

不時出現的追蹤者，

帶著極度壓迫感的腳步聲，

隨時讓你陷入緊張的自我驚嚇中！

以及隨時能把主角獵殺的怪獸玩突然襲擊……

面對這些難關，

匡扶正義和救出同伴的心是支撐著主角，

走到最後的鑰匙。

如果說一定要給什麼溫馨提示，

那就是心臟不夠強大，

別玩這樣的代入感。

會顛倒了時間，

也顛倒了世界。

面對四面而來的僵屍群潮，

你能選擇的就是逃跑。

在廁所的浴缸裡放掉浴室的黑水，

得到控制室的鑰匙……

比僵屍更恐怖的殺人鯨。

像雙生花一樣存在的植物的根……

若選擇一個視角，

比如是尋找哥哥的妹妹，

來到警局不但會得知兩個月前發生的怪事原因，

還能得到一張電子卡，

從警局出來打落從天而降的怪物，

就能得到第一個寶物盒，

作為安全使用。

只是要先預備色帶，

否則不宜經常記錄，

接下來的金幣，

可以將炸彈和引爆器混合而用的武器，

已經被殺的市長女兒有面臨變成喪屍的危險，

在這之前的通力合作——

紅心之鍵，

武器庫的鑰匙，

兩枚榴彈，

拿著疫苗盒乘坐電梯的逃離。

等一下，

深呼吸，

速度太快，

後半段需要一氣呵成，

眨眼的功夫就會掉下節奏！

一切只是暫停，

沒有進入最後的結束。

而停頓之後，

就是高潮。

當然，伴隨著高潮的也是增倍的困難——

只有三個色帶可以使用，

一把小手槍可以防身，

敵人生命比想像中的還要頑強，

時鐘塔裡「不死之身」的追擊，

需要編成一段和聽到的一樣的音樂，

無法輕易開啟的銀齒輪，

以及和金齒輪合作的機械滾動，

給女主注射血清，

五秒之內就要逃離的炸彈……

隨機的謎題，

圖畫對應的寶石，

要在不同的地方打倒追擊者才能得到不同的道具組件，

我們需要耐心，

需要信念！

還需要一些甚至是莫須有的篤定！

因為在人類的炙熱胸膛內，

那顆砰砰直跳的心。

才是最強的武器！

最後，

向陽而生，

放肆美麗。

《守護》

會玩國際象棋嗎？

國王，士兵，

二人對弈。

六十四個黑白格子，

十六個一致兵種做前鋒護衛，

誰能先把對方的國王拉下馬，

誰就是贏家。

我在想，國王還有沒有其他的可能性？

主角除了被保護還有沒有別的可能性？

譬如，邪惡的統治者。

譬如，他會為了整個國家的可能性考慮。

立場不同，就會有不同的視角。

劍與魔法的世界，

企圖爭奪傳說之劍的王國暗中支配者，

暗黑的夜，

慶功的篝火邊，

冒險者們拼死抵擋他們的成團襲擊，

誓死守護住傳說之劍。

在他們的眼裡，

搶奪者是邪惡的，

是沒有道理可講的。

而在支配者眼裡，

這把劍是天生屬於他的，

同樣沒有道理可講。

在混沌中，

王國的騎士團團長決定向冒險者們伸出援手。

哦，我認識她，

漂亮，可愛，還有些自說自話的小任性。

當這場混戰發酵明顯，

退到了城鎮外的墓地，

天外飛仙就來錦上添花了——

一道閃電穿過傳說之劍，

一股神秘的力量嗖地，

讓一個身穿黃金鎧甲的骷髏戰士再度復活～

他的復活，

攜帶著劍的過去，

猶如一朵燦爛炫目的花朵逐漸綻放，

略帶神秘，

自綻光芒。

他要和冒險者們一起，

為了改變這個世界而貢獻自己的一份力量。

而冒險者們也不是全無姓名，

每個人都有故事可以追溯，

仔細聆聽，

各有千秋。

因為帶王家公主擅自離開城堡而被問責，

自我意志強烈的熱血少年法力驚人，

尋找傳說神劍而展開旅程的冷靜大叔，

為了自己的幸福有點呆又有點萌的樂觀派僧侶，

背景，內容都有所不同，
卻能求同存異，
為了同一個目標，
同一個目的地，
結伴凝結。
我可以成為任何一個人，
你也可以。
穿越進他們的故事，
和他們一同呼吸，
打倒敵人來增加經驗值，
不管是白天的樹林，
還是晚上的密叢，
踩著未知的路，
通往不同的方向，
就可以締造不一樣的故事。
兩兩對決，
一隊對決著另外一隊，
無關人數的多少，
無關對方的戰鬥力有多強，
他們教會我一個道理：
一個人能活成一支隊伍，
而一支隊伍可以成為任何人的後盾！
有時候，我們守護的，
不只是朋友，
還是自己。
我們守護的，

不只是世界，
還是夢想。
我不會對你說：加油，朋友。
我會說：放心，朋友。
我是你的守護者。

《太空秘語》

首先，

我想到的是「浪漫」一詞。

什麼是浪漫？

浪漫是星空，

是音樂，

是你喜歡的人一個微笑，

是你眉眼間的一抹自信。

當大門打開，

一個黑影亮相。

燈光，舞伴，音樂開場！

請開始認識：

這樣一個粉色頭髮的漂亮小女孩。

模仿跳舞的黑影，

一個個跳舞動作的還原，

只要標準，

就會得到誇讚！

如果你認為只是簡單的，

慢慢的模仿，

那你就錯了。

隨著你做的越來越好，

黑影的速度就會加快。

請你發揮你的靈動力，

又快又好地跟上吧！

只要等到你的嫻熟能幻化成攻擊值，

你就可以打敗黑影的助手，

這叫做跳舞的魅力發揮到最大效應！

輕快上揚的背景音樂，

好聽的重複跟拍，

你有沒有感覺到你的心，

有了飛揚的酥癢？

別害怕，

別害羞，

這是你未死的青春萌動。

我們每天像個全副武裝的戰士，

在複雜的生活戰場上周旋。

下班了，

休息了，

就不要再轉動腦筋，

不要再嫌棄幼稚，

以放鬆的心態，

以最柔和的心情，

來加入到這場跳舞的學習派對來。

別擔心了，

這是太空的領地，

你的朋友，

你的家人都不會知道，

也不會看到。

在這裡，

你可以放肆地做一個小白，

從小白升級為大神。

這一次，

我們不要講戰略，

講技巧。

我們只講快樂。

好嗎？

《更靠近天使的方法》

玫瑰的魅力，
是因為它帶刺。
天使的意義，
是因為它可以對抗魔鬼。
人類在玫瑰和天使之間，
也有自己的價值。
除惡揚善，
讓自己更接近天使的範疇。
男女不限，
它由心來決定。
如果你是男孩，
你可以選擇丸丸子；
如果你是女孩，
你可以選擇彩彩子。
噓，
不必深究這兩個名字是誰。
這兩個名字可以是任何人。
鑽進代號，
拿上武器，
代入必殺系統。
在風高夜黑的晚上，
月光下亮相，
暗殺動作定格。

閻王為首的黑暗勢力，
正瞪著炯炯有神的眼睛看過來了！
對方的目的由你來決定，
戰鬥的場景由你來創造，
需要完成的任務由你來編輯。
提供的這些皮囊信息，
是最基礎的前菜。
內核的精彩，
每個人因人而異。
而席追這些皮囊的前戲，
若你有興趣聽一聽，
也是一段不錯的家族歷史，
更是懲惡揚善的註解。
丸丸子的師兄曾經是明朗的少年，
後來變節親手害死了自己的師父。
善與惡，就在一瞬間掀翻了上限，
動盪了天際。
原先的感情破裂了，
原先眼裡的光不見了。
友愛變成了對立，
和睦變成了不解。
天翻地覆的打鬥間，
師兄的眼上流血落疤，
這一刀來自師弟的恨意，
來自罪孽的燙印。
永遠地，

留在了他看待世界的上方。

而黑暗，

在隱退後會有捲土重來的可能。

光明和黑暗，

就像太陽和月亮，

一個上升，一個下降，

一個下降了會替代上升。

當黑暗歸來，

當殺戮更添，

血腥將更加賣力地演出，

天使揮舞的翅膀也要注入更多的新鮮血液。

我們不僅僅是我們，

我們更不僅僅是丸丸子或者是彩彩子，

我們還是天使翅膀上散落的羽毛。

匡扶正義，

是一直一直嚮往的光。

《最冷靜的視角》

生存還是毀滅，

這樣老掉牙的問題，

時不時在人類歲月的長河裡會爆發，出現。

二選一，

就像黑與白，

太極端了，

太讓人困惑了。

我從來不會輕易地回答這樣的問題。

因為我不相信，

這個世界會如此簡單。

猶如硬幣的正反兩面，

不是正面就是反面的單純，

那應該不會有歷史，

也不會有進化，

更不會有那些紛繁精彩的情節了。

可是以上的複雜，

大概僅僅存在於人和人之間。

並不存在於兩條飛龍之間。

鬥爭和失敗，

就如同硬幣的正反兩面，

只要接受就好，

不需要分析。

那是一個前所未有的神奇世界，

一個年輕獵人有幸看到這樣的一幕。

輸家飛龍臨死前把記憶相托，

帝國艦隊為了捕獲飛龍大舉出動，

就是為了利用飛龍將遺跡塔運轉起來。

那是舊時代的厲害武器。

那是帝國充滿欲望的軍隊不願意捨棄的一股力量。

整整十二天，

傾盡所有，

終於讓塵封在海底的遺跡塔重見天日，

怎奈，

研究院的調查遲遲沒有進展。

這時超過所有力量的飛龍事件轉移了他們的注意力。

他們意識到，

捕獲到飛龍就是捕獲到新的可以立刻利用的力量。

人類啊，

就是這麼貪婪，

就愛這麼冒險，

毫無畏懼比自己龐大數倍、厲害數倍的生物。

一切可以說明自己實現更宏偉目標的，

就是朋友。

而不能被自己所用的，

就是敵人！

只可惜，除了貪婪和冒險，

還有一句人類自己創造的真理：

行事在人，成事在天。

人不是這個世界的神，

人就是人。

哪怕用殺手鐧來對付渴望的飛龍，

最後也只能以失敗告終。

這就是真理。

或許一切都是安排好的，

逃脫的飛龍影響了安靜的塔，

附近的海域出現了具有攻擊型的生物群，

帝國陷入了混亂中。

各種力量交織而生，

互相牽制。

一場大戰，蓄勢待發。

當一切的力量有了自主意識，

各不相讓時，

廝殺是必然的結果。

很多年以後，

飛龍還是那飛龍，

土地上的國家和主人已經換了一撥又一撥。

可是貪婪和冒險不曾改變。

覬覦飛龍的人依然孜孜不倦地追逐和調查，

當飛龍進入森林區，

終於擺脫了他們的追擊和調查後，

不滅的欲望之火，

依然驅使著一小部分的人冒著生命危險進入。

那是慘烈的現場，

那是生還者親自說明見到飛龍的場景。

或許，

在飛龍的眼睛裡，
他們都不過是可笑的小丑。
愚弄了自己，
權當成全了它悠悠歲月裡的無聊。
我想若我有機會，
我是願意同飛龍一個視角的。
飛在空中，
看著漫天的白雲從自己身邊滑過，
俯視模糊不清的山谷和沙漠，
任憑熱血充斥著淒涼，
和不自量力的敵人一戰高下，
譜寫自己的戰歌。
這一次，
我選擇做一個同行的旁觀者，
用最冷靜的目光，
看待這最瘋狂的一切。

《硬式對話》

法則世界裡，

似乎已經習慣了彬彬有禮的西裝；

溫柔淑女的長裙；

以及虛偽的和善笑容。

我們或許少了拳頭出場的機會。

可是真的是這樣嗎？

真的有了法則，文明，以理服人這些字眼後，

拳頭、力量就成了櫥窗裡的古董？

事實上，

任何時候，

任何場景，

說到底，

話語權都掌握在更強的人手裡。

當口舌之爭失去結果後，

當口舌之爭沒有耐心後，

剩下的只有：

我們決鬥吧！

用強弱來定，

用輸贏來判。

拳頭迎風而上，

連環腿疾馳飛旋！

一個翻身，

踏著你的身體飛到半空，

順勢一個全身壓下倒！

哦，不！

我還可以承受！

我還可以站起來！

就算是好多記不留空隙的勾下巴拳！

我的鼻子仰面噴血！

我依然可以在倒下後繼續和你打！

我的毅力能保護我的身體！

敵手太強，

強而有力的下盤和腿功，

不能硬碰硬，

在防護他兇猛的膝蓋後，

還要小心他的原地後踢！

可不可以攻擊他的下盤？

天哪，這好像很快就被他識破了！

不行！

再來！

在城市叢林的湖邊，

在荒寂的空地，

在十字馬路旁，

在古色古香的城門前，

在人滿為患的武道館內，

在白天和黑夜中……

部分時間和地點。

我們是對手，

對手之間，

只有你死我活。

一個假動作，

一個虛晃的攻擊，

我們相視一笑之間，

勝負欲就這麼不知不覺地被點燃了，

開打之前，

沒有廢話，

只有鐵錚錚的身體之間的碰撞。

每一次的原地復活，

迎接的或許是勝利，

或許是更為慘烈的失敗。

面對越來越強的敵手，

我似乎不能有害怕的念頭。

因為只要一旦怕這個字冒出，

贏的面就會少了大半！

沒有人喜歡輸的感覺。

沒有人對贏不嚮往。

那一記輕蔑的眼神，

那先然就佔有優勢的身高和肌肉，

或許還自帶家族糾葛裡天然的鬥爭基因——

三大家族財閥之間的爭奪，

有些人需要復仇，

有些人需要爭奪父親的位置，

有些人則純粹是為實現自己的野心。

那無法熄滅的欲望，

那來自胸口以內，血液中沸騰的過往是非，

都是一場浩大的逼迫！

我要加油，

我要更強，

我要站在世界之巔的高度。

只有那樣，

我才是我，

我才可以做自己的主。

《絕佳女主角》

鋼筋水泥的世界，
白天維持著一種運動規則。
當夜幕降臨，
規則下方，
滋生出迷暗的花。
在你察覺得到或察覺不到的餘光死角，
瘋狂滋長出奇異的圖案。
或許那些道貌岸然，
不過是為了掩蓋它的野心。
或許一個小小的企業，
不只是利益的輸送，
還有掌控星球的野心。
有著見不得光的目的；
也有著超越人心的範疇。
而正義也是會玩犯渾的，
不一定非是正義凜然的少年，
披著盔甲全身是光。
也可能是一個瘦弱不顯眼的女生，
在接受了訓練課程之後，
親手摧毀了訓練中心，
把厲害包裹在肩膀內，
開啟了真正的闖關，
為打敗蜥蜴人走上星辰大海的征程。

拉風的故事就這樣開始了，

潛伏夜店，

地鐵取件，

屋頂上的逃亡。

擔負起正義的女主角，

會不斷接觸到射擊武器，

其中的「幻影」可以讓她有隱身能力，

其中的「膝上型槍形」扔到地上，

可以變身為崗哨槍，

在原地掃射敵人。

其中的九零可以激發威脅偵測系統，

如果是敵人，

就是紅色。

如果是朋友，

就是綠色。

其中的衝擊波步槍，

能看穿牆壁，

看到敵人的骨骼，

讓其無所遁形。

意識手槍一旦發射，

能紊亂敵人的意志，

讓他們狗咬狗，

內鬥不止。

酷炫的出場，

自然要有酷炫的裝備。

黑夜和黎明之間的鴻溝，

需要女主角的勇往直前。

她是完美的，

她的眼睛是充滿挑戰的興奮光芒的。

當她的訓練官被抓走的時候，

她會義無反顧地去營救，

哪怕夜闖豪宅，

面對重重守衛，

她會帶上她喜歡的消音衝鋒槍，

幹掉守衛塔上的守衛，

從高牆翻進裡邊，

將衛星天訊公器私用，

完全攻入他們的保全系統，

變聲器切換，

女聲就變成守衛裡熟悉的男聲。

好吧，

女主角玩得十分起勁。

到了豪宅內部，

撞上正在舉辦的生死戰，

女主角還要挑戰一把拳擊的快感。

可惜，就算把對方打敗，

女主角的營救任務也沒有很順利的完成，

———

訓練官被轉移了地方。

實驗室的救援，

比豪宅更要坎坷，

好不容易找到了要營救的人，

但不知道對方對他做了什麼，

他變得不對勁，

一直在絮叨著什麼代碼，

還要讓把腦子裡的東西拿出來，

女主角搞不清狀況，

但知道要先把人弄出去。

接下來的逃離路線，

就顯得困難又緊張了。

彷彿註定要有人犧牲一樣，

水路離開，

要遇到危險的水雷，

穿過山洞，

裡邊有四個機槍手在等著，

緊隨其後的氣墊船，

還有兩個石獅子。

之前一直幫助他們的隊友突然倒戈，

高潮就在這一刻到來，

為了保護女主角，

訓練官決定犧牲自我。

就像無數電影裡放的那樣，

在某一處某一刻，

情感昇華，

為的就是之後更炫麗的回歸。

女主角為了復仇，

為了查清真相。

誓與黑暗來個猙獰的坦誠相見！

《拼了命地活》

科技的進步，
讓美麗像地獄之花——
不只是單純的美好，
還有了氣候的哭泣。
相輔相成，
守恆定律。
世間萬物，都是要維持一個平衡，
才不至於顧此失彼，
丟了節奏。
可惜，人類的手伸得太長了，
一不小心觸碰到宇宙在萬物銀河中那顆守恆珠，
珠子掉落，
啪嗒碎了。
於是——
綠地，荒漠成了敵人，
白雲，沙塵成了敵人。
人和人，成了敵人。
大家心裡的不安，
隨之陷入沼澤，
默契地變成一種爭鋒相對的狀態。
平和再一次被打破，
政治經濟陷入動盪，
融合的世界分裂成一個個封閉的牢籠，

為了自己的地盤暫時的穩定，
重回軍備競賽的時代。

風雲起，
生和死，一念之間！
你可以想像嗎？
那會是怎樣的一種充斥著肅殺的感覺？
那可太可怕了。
人們的臉上沒有笑容，
眼神裡充滿警惕和掠奪的嗜紅。
為彌補車輛越野不足的能力、
戰鬥直升機作業時間不足的缺憾，
一種兼具戰車和戰鬥力的高特性武器，
被其中一個民族所製造產生。
它乘風而來，
亮相而生。
都說未來充滿無限可能。
其實未來就是我們的每一個現在。
化不可能為可能，
化驚奇為平常，
或許有一天我們習慣了它們的存在，
而忘記它們是為什麼會存在，
這才是最可怕的。
為了阻止自己的家園被突破，
為了尋得另一個地方的支持，
臨近的一支隊伍在附近進行攔截，

雙方進入戰鬥。

在這樣的高特性武器飛上天之前，

將它們統統打掉。

讓危險不能成網張開，

形成巨大的威脅。

然而這邊拼盡全力，

讓對方的進攻暫時受挫，

另一邊卻是大舉進攻。

無法，

輔助戰的戰線要改變了。

快看！

夜間戰鬥，巷戰情況。

再加上很多建築物的阻擋，

雷達的干擾特別嚴重！

需要善用跳躍！

太過依賴夜視鏡的話，就會形成動作的減緩！

就這樣，經過兩天的血戰，

這座城市還是淪陷了。

這或許就是告訴我們一個道理，

有時候拼盡全力，不一定就能勝利。

可是我們依然要這麼做，

這樣的悖論在人類的歷史上會上演一次又一次。

只因為，

我們有一顆不服輸的心。

為了爭奪自然資源，

破壞補給運輸車，

為了防禦本土，
要和那些又多又難纏的戰車糾纏，
為了守住據點，
那些飛舞的直升機，
哪怕是廢掉最後一顆子彈，
也要將它們打下來！
為了守住機場，
殲滅！
殲滅那些運輸機！
為了逃出包圍圈，
路只有一條──
不是倒下，
就是戰鬥！
來吧，一往無前就對了！
還沒死亡，
就拼了命的活下去！！

《進攻小分隊》

總有安靜會被破壞，

總有平和會被覬覦。

總有人在蠢蠢欲動著什麼，

總有人不安分這當下的每一天的平靜。

生活的那一點微波，

弄不好就是千層巨浪。

所謂的知識改變命運，

你能想像一個文質彬彬的科學家，

他腦袋裡的東西就是強大的武器嗎？

有一天，

生物科技研究的領域被他的偏執改變了性質，

守恆定律隨著他的精神失常，

而開始失衡……

和平的星球不再和平……

美麗的花朵忘記了盛開的使命。

失控，

是個很不好的詞。

不過幸好，

像這樣的科學家會被逮捕。

以叛國的罪名被流放到另一個星球。

但這只是暫時的寧靜。

只要人還活著，

偏執還活著。

下一個爆炸點不過是或早或遲的到來。

於是，五年光景。

歲月如梭。

很快，

軍隊捕捉到流放的科學家有了不同尋常的舉動，

派了三個隊員去調查。

結果，其中有科學家的臥底，

險些全軍覆沒。

正義受到暫時的打壓，

也終究會透露出希望之光。

幸好其中一個隊員冒死逃回，

把這一切告訴了自己的兒子。

戰爭再一次爆發，

終究一戰。

無可避免。

求救的信號已經傳來，

形勢嚴峻非常。

小分隊依次排開，

在地圖上勾畫出行動軌跡，

和攻克的路線來。

彼此在明亮的眼神裡看到默契和信心。

來吧！

摧毀對方的基地！

回合加碼！

落筆生花下的路程，

消除戰爭迷霧。

母艦使用導彈，

可以把敵機一招必殺！

儘管殺兵一千自損八百的消耗必然存在，
但取得正義的路途就是這樣，
是星辰大海，
也是翻山越嶺。
狐狸隊長的耳朵動一動，
狡黠之間的眼神，
就是下一秒炸彈落下的前奏。
穿過獎勵環，
拿到獎勵道具。
之前的損失算什麼？
有失才有得。
儘量多吃一些道具，
轉換為燃燒值，
為自己的小分隊爭取時間。
蓄力待發也好，
迂迴戰術也罷，
兵分三路的智慧。
都只是小小算盤裡的小菜一碟。
敵人很多，
敵機也很多。
可隊長腦袋裡的攻略更多。
絲毫不必擔心會有用光的時候。
我們跟著他們的腳步，
隨機應變。
勝利已經在衝我們招手了～
你看到了嗎？
親愛的戰友！

《平衡秘語》

黑夜滋生的邪惡，

不會輕易展露它的全貌。

世間的萬物，

除了人類還有其他動物。

粗粗估算，一定超過了千百種。

可是人類中的種族你想過有多少種嗎？

可曾聽過這樣的話──

世界上有五十億人口，

就有五十億種人生。

龍的傳人不會是打動的老鼠，

老鼠的後代沒有飛上天空的翅膀。

基因，

是血液裡的秘密。

有不可言說的部分。

或許在你的視角裡是想像，

但對於一些正在實行實驗的研究人員來說，

這就是一種繁衍。

讓欲望掌控的領導，

想要一批聽從自己服從自己的黑暗勢力。

最開始的泰坦族，

以及後來分裂出去的。

他們致力於創造屬於自己的黑暗天堂。

可是當勢力一旦兩兩相衝，

或三足鼎立。

勢必就是你追我趕的消滅節奏。

曼族的首領發現了召喚泰倫族的儀器，

引來泰坦族的紛至遝來。

曼族首領利用半蟲半人的新品種來建立新的勢力，

儘管後來被關進監獄。

暫時退出了三股勢力的布控。

但暫時的隱退，

就像故事裡的未完待續，

是為了之後更好的出場一般，

收起鋒芒。

很快地，

監獄之門打開，

他從裡邊出來重獲自由，

而自由的前提則是穿上一件無法脫下的戰袍。

戰袍，

顧名思義，

就是要戰鬥。

死亡不來，

戰鬥不熄。

加入反抗泰倫族的有力戰隊，

似乎堅定了確認敵人的立場。

但事實上戰場沒有絕對的敵人。

就像時間的飄忽不定，

花生兩面。

當泰坦族勢必會覆滅的預言出現，

原來泰倫族會逐漸被半蟲半人的新品種所取代，

全力進攻泰坦族，

而能掌控這種新品種的，

是通過精神控制。

為了讓之前培育出來的刀鋒女王，

成為泰倫族新的領袖。

告知預言的他，

選擇自我犧牲。

曼族首領得到這個預言內容的條件是，

請用救贖來代替殺戮。

於是，

鬥爭的重心轉變了。

利用泰坦族的力量來淨化逐漸走向失控的泰倫族。

為了救贖產生最大的效益，

殺了那個一定要讓刀鋒女王死的泰坦族首領。

隨著一聲槍響，

一片陰影的倒下。

半人半蟲的女王，

逐漸恢復了人的意識。

戛然而止，

又是一份未完待續。

從頭至尾，

建設自己的軍隊，

保證對方戰鬥單位的優勢。

就像下棋。

知己知彼，百戰百勝。

幾方回合，

幾方周旋，

目的不是真的要消滅某一方，

而是達到種族之間的平衡，

遵守亙古不變的那個守恆定律的原則。

在這場力量的角逐中，

沒有太多的溫度，

只有冰冷的色彩。

在許久之後回頭一望，

那是在記憶裡小小一處的堅硬。

它不曾消失，

甚至將經典延續到了 N64 之上。

如果你有回憶，

可以去那裡重溫。

如果你有興趣，

可以去那裡認識。

因為對我來說，

它是無可替代的危險歲月。

《點點驚喜》

大概沒有人可以抵擋可愛生物吧？

粉萌可愛的小肉包，

明媚一笑，

眨眼之間，

心融化到不行。

它想讓你做什麼，

你都會照做。

能幫到它，

你的滿足欲就像飛舞的氣球，

不斷升高。

那麼就來吧，

不要控制你的欲望。

收集水晶，

創造不同的能力合成的效果，

讓小肉包有各種各樣的技能。

這是你給它的禮物～

在半空中奮力地跳起，

跳到每一個平臺的身段，

都顯得那麼憨憨可愛，

在它的身上你能看到倔強都有著與眾不同的精彩。

用炸彈來結束第一關的小菜一碟，

在碰觸星星時遇見底下的水晶碎片。

慢慢地，

小肉球變得強大。

有了飛刀能力的變身，

當它拖著比它大上兩倍的長刀，

在城堡上大戰大王。

你覺得它可愛得太酷了。

綠油油的草地，

花朵遍地，

天空藍的像水晶，

水晶碎片在等著小肉包的盡力獲取。

它奮力投擲炸彈，

炸掉小章魚，

炸掉阻礙它的小怪物。

有時候大材小用，

也會讓你忍俊不禁。

當然，

它還會射出比較適合它的小飛刀。

夕陽黃昏下，

鑽入樹洞，

來到新的領地，

一路打怪，

毫不手軟，

坐著滾動的吊橋來到另一棵樹洞，

吸納星星的魔法。

慢慢地，

小肉球就有了更多的技能結合。

比如岩石分身，

破壞恐龍骨後半段的岩石。

比如菱形的三原色物體，

用來攻擊對手。

又比如用岩石和飛刀雙重破壞牆壁，

再變成小小倉鼠。

又比如對戰虎鯨的時候，

一番激烈後有了炸彈和炸彈的變身。

小小的肉球，

擁有超強大的吸納力量，

結合技能。

化天地萬物為己用。

就像我們的舉一反三，

融會貫通。

不需要太多負荷心臟的東西，

只要嘴角上揚，

陪伴小肉球成長就好。

紅色是火球，

橙色是刺，

黃色是電，

綠色是飛刀……

當這些顏色重疊在一起發射時，

就是技能重組的時候。

你會欣慰小肉球的進階之路，

那是一個一點一點發現驚喜的過程。

時光溫柔，

可愛萬歲。

《粉色騙局》

弧形好看的眼睛，
睫毛彎彎之間盡展風情，
清澈的注視之間，
彷彿置身在一片湖水之上，
又像出現在萬丈森林，
迷霧、秘密，
魅惑、柔情。
眨眼之間——
一秒天堂，
一秒地獄。
無可挑剔的五官，
隨著嘴角輕輕上揚，
輕微的力氣，
輕微的魅力綻放，
發現了嗎？
站在你對面的那個人，
不必言語，
只是那無聲的目光，
就可以讓你陷入一千萬種困惑，
一千萬種想像～
要知道，
人和人之間的血雨腥風，
有時候不必刀槍劍影，

只是在於心理戰術。

你的取和捨，

就在於你的防禦是否強悍；

心所傾向是否先己一步地全盤托出。

呼……

輕輕地吹口氣，

你的耳朵就軟了，

輕輕地晃動，

那動人身姿，

滿滿的柔情蜜意，

隨著一聲溫和呼喚，

接招吧，

你就算是再強的心志如鐵也會被化為繞指柔。

看，

一張張漂亮的臉蛋，

一個個明媚無敵的微笑，

她們不必有過多花哨的技能，

不必過分掩飾自己的底牌。

因為她們的技能就是本身！

她們的底牌再簡單明朗不過，

就是可愛無敵和單純明快！

她們打敗你的絕招就是簡單的石頭剪刀布，

你也許會信心十足地說這是最簡單的遊戲，

最容易稱霸王者的地方。

如果你真是這樣想，

那你勢必會輸。

輸給她們一顰一笑之間，
輸給她們無辜的眉眼靈動，
輸給自己想要輸給她們的心。
是的，
這太沒武德，
這明擺著就是一場粉色騙局。
請君入甕，
引你入局。
還沒開始，
就已結束。
最吊詭的地方還在於，
你輸得心服口服，
輸得十分快樂。
這就是它可惡的地方，
還是它存在的意義。
殊不知，
在一片以贏為目的、以拯救為快感的博弈中，
它鑽了黑白的空子，
卻還依然有其被喜愛的點。
或許，低迷的世界氛圍裡，
如同我們偶爾會行差踏錯一般，
也要原諒她們帶來的那虛幻的愉悅吧……
或許，之所以出現這樣的騙局，
是因為華麗過後的一蹶不振，
迫不得已劍走偏鋒，
以至於我們看到了它的那些濫竽充數，

已無法忽視……

容我歎一句：

輝煌總有時，

時光不往返～

《糖果女孩》

我不太喜歡糖果，
因為我覺得那是女孩子的特權，
只是我沒想到有一天，
我會喜歡上女孩，
所以也就喜歡上了糖果。
那甜到憂傷的滋味，
妙不可言。
就像我見到那個她時，
一樣的妙不可言──
如墨一樣的黑髮，
隨風飄揚，
一雙眼睛又大又圓，
透著明亮的好奇，
大紅色的蝴蝶結宛如一頂烈焰，
粉色的裙擺，
帶著香氣降落人間。
請原諒我的誇張，
因為在公園裡的人來人往中，
我第一眼就被其吸引，
看不到其他人，
我不知道她從哪兒來，
我更願意相信她是從天上而來，
所以才可愛的不像沾了人間的凡塵。

我給她起了個名字，叫櫻花妹妹。

但我沒敢這麼叫她，

因為她的性格有點酷。

我隨她進入我們該去的地方，

一個偽裝成劇院的秘密基地，

裡邊有一個抱著玩具的小女孩，

也有用餐的客人。

她有些不客氣地讓我去拿叉子，

我需要贏得她的好感，

於是我回答好的。

經理室的門口有一個冷落冰霜的女秘書，

這時有一個喝得醉醺醺的老頭從裡邊出來，

兩個女孩有些尷尬，

我沒有拆穿她們，

而是問她們說接待處的地點在哪兒。

她們熱情地要帶我去。

我怕選其中哪一位都不太好，

便麻煩了她們兩位一起。

我來到這裡的目的，

是為了擔任隊長的職務。

我萬萬沒想到，工作之餘可以遇上讓我心動的女孩。

都說緣分，

是最高級的密碼，

無法破解，

唯一能破解的只有在同一個頻道的兩個人。

第二天，

我擺脫剪票的工作去舞臺看看，

正好遇到有人刁難櫻花妹妹，

眼看那巴掌就要落在妹妹的臉上，

我幾乎沒有多想，

上前就用自己的臉擋下了那巴掌。

我瀟灑地離開，

櫻花妹妹沉默地追上來，

我知道她就算不說，心裡也是對我感激的。

我的臉雖然很疼，但心很甜。

就在我轉身很有耐心地要聽她說兩句好話時，

警報響了。

我們需要承擔和機械兵對戰的準備。

隨著「出擊吧」的號角吹響，

我和對方杠上的同時，

要注意保護櫻花妹妹不受傷害。

我有特殊技能，但只能使用八次，

保護女孩是男生最大的魅力，

事後，已經是晚上了，

趁著美麗的夜色我告訴櫻花妹妹，

這裡是我和她初遇的地方～

我永遠都記得她嘴角上揚時的可愛羞澀。

我想，她也是有點喜歡我了的。

而確認她喜歡我，

是結束戰鬥回到劇院，

有同事粗心地把舞臺弄塌了，

大家都在指責的時候，

我說我留下來修復。

櫻花妹妹居然也陪我留了下來。

我和她聊了會兒天，

便催促她去休息，

可不能讓女生太累著了。

雖然我是這麼說的，但是真的看到櫻花妹妹走掉，

心裡還是有點小失落的，

小失落的情緒導致我的手指受傷了！

沒想到劇院裡還有人留著，

聞聲過來給我包紮傷口，

是一個美麗的女生，

我還沒見過她。

就在我對她微笑道謝時，

我的腰被用力地扭了一下！

回頭間，竟是櫻花妹妹！

那是生氣的滿是醋意的臉蛋！

我終於確定我的一見鍾情有了回應！！

之後再次出戰，

我才知道這個為我包紮的女生竟是我的長官。

說到這裡，我心神蕩漾的夢已經告一段落；

說到這裡，你的心裡一定有對接下來自行的想像了。

我不限制你的想像，

也是不限制我美夢的發展。

任何一個選擇都會有不同的進展，

可我其實最主要的任務，

就是守住我內心的初衷——

那個第一眼看到，

就讓世界嘗到糖果滋味的女孩。

《大夢一場》

兩兩對抗，

是亙古不變的題材，

是周而往復的歷史，

是我們隆重又微小的拼命。

當我們的靈魂不再拘泥於一具身體裡，

當我們把時光看成是一條源遠流長的河，

沒有終點，

那麼，對抗可以說出很多故事，

可以拼湊很多情節～

比如，

有這樣一個組織，

有這樣一個引爆魔光爐的計畫，

不需要太多的前奏，

只需要知道有這樣的開端，

必須迅速投入進去，

如同當一個問題的產生，

我們需要做的就是解決問題。

好，

劫持一輛火車，

駛向魔光爐相鄰貧民窟的車站，

第一步要對付車站上的守衛，

第二步將所有的敵人都制服後跟隨組織從大門進入。

為了縮短戰鬥時間可以挑選最近的人進行攻擊，

通往道路的大門被組織打開，

提升等級，

點燃，

逃離，

魔光爐宏偉而絢爛的爆炸，

你可以觀賞到那不可言喻的震撼～

千萬別以為這樣就是結束，

相反地，

這是剛剛開始，

組織和集團的對抗才剛剛開始，

集團有無數這樣的魔光爐，

而組織裡包括你在內就寥寥幾個的成員。

實力懸殊，

鬥爭艱難，

可想而知！

領導者命令分頭行動，

混亂的車站現場，

你會看到形形色色的人，

咦，

那是一個賣花的小女孩，

被疾馳的人流給撞倒了，

她的臉上有些髒，

但始終保持著可愛的笑容，

你走上前去將她扶起，並交談幾句，

你可能會跟隨她走開，

又或者你目送她離去。

回頭間，看到領導者遇到了敵人，

你得看看自己的戰鬥值是否可以獻上一臂之力！

很快地……

組織引爆魔光爐的事情上了城市新聞，

領導者中曾經有人加入過集團的這段歷史被翻出來，

成為了爭執的焦點，

你面對職場上的站隊危機，

該怎樣做的更好呢？

我沒辦法告訴你答案，

你的心裡或許早就有了答案，

每一步都不能撤銷，

每一步都算數。

至於接下來的故事會是怎樣的，

對抗是怎樣激烈的情形，

應該由你來告訴我，

而不是由我來告訴你。

———

第七區的貧民窟，

一個小男孩的房間，

初心者之家的第一次冒險，

混動的車廂，

隨時可能的跳軌行動，

倉庫裡的絕地逃生，

被士兵包圍的生死一瞬，

爆炸之後斷裂的金屬是求生的工具，

垂直墜落後重逢賣花女孩的浪漫，

關鍵時刻的承諾……

你能想得到的，

你想不到的，

統統都存在幻想裡的可能。

酣然入睡的夢，

一場險象環生的生死角逐。

別給自己設限，

更別給自己否定，

一切，都在下一秒等待描繪。

期待就對了，

往前邁步就對了，

在選擇的當下，

你怎麼知道向左就是地獄，

向右才是天堂呢？

只有真的去了，

才能看到你大夢一場的樣子。

下篇 >>>>>>

GAMER

WIN

《特別》

你是特別的人嗎？
你有多特別？
你允許別人的特別嗎？
你知道這星球上的萬物有它各自美麗的模樣嗎？
也許你拿著鏡子，
沒有發現自己特別的地方。
我不會否認你的平凡，
你也要相信旁人會有特別的存在。
——
一個頭上長角的孩子，
長得和別人不同。
當異樣的目光將其包圍，
他就註定了波折的一生。
他被村裡人送去了魔女的城堡，
魔女將其囚禁起來。
就算是特別的人，
也期盼自由。
孩子從囚禁的石棺裡逃了出來，
遇到了一個和他一樣命運的女孩。
惺惺相惜，
是淪落在地獄裡的人共生的默契。
孩子決定帶著這個女孩子一起逃跑。
他們緊緊相握的手，

是彼此的依靠，

是對命運的不服，

是奮力掙扎的求生意念。

只可惜，

他們太弱小。

沒逃幾步，就遇到了魔女的阻攔。

女孩被抓走了，

孩子也從橋上掉了下去。

不過孩子沒有死，

大難不死必有後福，

他得到了一把威力不小的寶劍。

孩子決定重返古堡，

把女孩帶出來，

完成他們共同的約定。

很難說，

為什麼兩個只見過一次面的孩子，

對彼此有這樣的牽掛和尊重。

對於孩子來說，

他絕不能放棄這個女孩的手，

就像他絕不能放棄自己一樣。

他在充滿黑暗的城堡裡，

來回穿梭，

拼命掙扎，

試圖打開自己的心扉之門。

打開阻塞障礙，

讓光芒的雷達掃射進來，

掃盡一切陰霾。

孩子揮舞著手裡的木棍，

即便是很簡單的動作，

也充滿勇氣。

因為只要不害怕不恐懼，

就算是木棍，

也可以將對方擊潰。

同理，

只要心裡還有純潔和愛，

即便魔女再強大，

孩子也不會被打倒。

他的心裡，

有一個聲音在吶喊，

在為這個世界的不公和有色眼光在吶喊。

當解不開謎題的時候，

他不會妥協；

當需要彈跳來避開危險，

他奮力一搏；

當危險降臨，

他的第一反應是抓緊女孩的手。

他沒有光鮮亮麗的外表，

他只有一顆笨拙乾淨的心。

他的奇怪、憂傷；

他的孤獨、神秘。

在人潮擁擠的街道，

看上去是那麼特別。

他沒有和別人有交流，

他獨自一人，

置身在一個巨大的空間裡，

他似乎永遠也不會結束尋找逃出去的方法。

他彷彿天生就為了特別的意義，

而存在著。

時間在他那裡，不會停下。

直到徹底擺脫石棺，

才會使這不變的輪回，

泛起一絲絲的漣漪。

我們沒有長角的外表，

但我們的內心都住著一個長角的孩子，

我們既害怕別人看到我們的怪，

又希望別人允許我們的怪。

我們可以選擇勇氣，

也可以選擇懦弱。

只怪抵抗太累，

而妥協太輕易。

《放肆熱血》

當熱血的音樂響起，
當藍色的天空下，
你帥氣出場。
以仰視的角度，
你可看到了拳拳到肉的對決，
所帶來的熱血？
當天橋下，
河水的湍急，
都不過是虛無縹緲的背景板，
而是你展示的舞臺。
你的跳躍，
你的阻擊，
你飛空側踢！
不管在哪裡對戰，
你的眼中，
就只有對方。
你的世界，
就只有一個主題，
那就是打敗對方！
你的起身技，
你的壓制技，
就是展示你腦袋裡的智商，
跟對手的段位區分的重要審核點。

不過也不必太擔心，
循序漸進是最好的張揚。
就如同它本身的設計，
從一開始的卡通形象，
到逐漸立體真人，
隨著一代代的發展，
憑藉優越的硬體環境，
保持統一的操作性，
或採取不同國家的元素，
中國風，
墨西哥風格的摔跤術，
豐富的練習內容，
以及段位認定戰，
爭奪戰，
公式大會爭霸賽等等，
讓對戰充滿了故事性，
和挑戰性。
豐富了你的選擇，
也豐富了你的戰鬥欲。
你的裡門頂肘，
你的猛虎硬爬山，
你的鐵山靠，
你的獨步定膝，
在你的一舉一動中，
默默地留下了高光的姓名。
對方或許倒在你的連環腿下無法起身，

或許無法抵擋你的鷂子穿林，
或許臣服在你的流影腳下。
或許在你的不經意間，
你的威力，
僅僅是你的氣場和你不服輸的勇猛。
都不要緊，
只要結果是好的就好。
都不要緊，
只要勝利是屬於你的就好。
回到最初的對決開始，
我們仍能做到靜候以待，
等最好的機會，
放肆熱血！

《召喚活力的狼》

孩童的精力充沛，
似乎是不用計算時間的。
他們隨時可以活力四射，
隨時可以綻放動人的笑容。
年歲增長的大人，
就不會有這樣寶貴的活力了。
疲倦，麻木，呆滯，傷痕累累，
如同長胖那樣容易。
因為成長，
就是一個受傷的過程。
不斷地受傷，又不斷地療傷。
如果有一天，
這個世界受傷了。
你有能力療癒這個世界，
你會怎麼做呢？
想像一下，
被妖怪支配的世界，
失去了繽紛色彩，
你背負起太陽神的名義，
成為八咫鏡的狼，
你是主角，
你要打倒敵人，
你要為這個世界召喚回生機盎然。

白雲，藍天的中間，
是狼飛躍的矯健身姿，
那漂亮的弧度縱身一躍，
是希望的曲線。
散落在世界各地的畫龍，
擁有神奇的筆調之力，
突破重重困難，
打敗妖魔鬼怪。
將大地恢復它原本的樣子。
專司攻擊破壞的筆神，
專司冰雪的筆神，
專司雷電的筆神，
專司月亮的筆神，
專司復原的筆神，
專司水源的筆神，
專司疾風的筆神，
專司時間的筆神，
專司開花的筆神，
專司火焰的筆神，
專司爆炸的筆神，
專司走壁的筆神，
專司太陽的筆神，
十三支筆神，
外加一隻可愛的貓咪，
按照子丑寅卯的排序，
他們散落在世界各地等待著的太陽神的召喚，

當年他們和八岐大蛇作戰將能力失散，

不過是養精蓄銳，

等待著第二次的召喚，

為這個世界燃燒自己的使命和責任，

就像我們每天背負著重重枷鎖，

因心裡的那點希望，

而咬牙堅持。

即便我們最後奔向的是死亡，

也努力地將生活還原成原本該有的樣子。

紙和筆碰撞出的溫暖，

在這裡呈現出來，

以美麗景色治癒心靈，

在這裡浸透出來，

天照在大地奔馳而過，

足跡之下，就是美麗的大自然。

水墨丹青一般洗滌眼睛的畫面，

可一不可再二，

每一幀都會留下它特別的意義。

我們要做天照，

我們要做自己生命裡的狼。

拯救自己，拯救世界，

拯救這賴以生存的意義。

《冰冷格鬥》

最冰冷的格鬥，

來自最硬核的對戰。

你不是血肉之軀，

對方也不是血肉之軀。

你們相對而戰，

只看誰的能量槽先逼近為零！

這聽起來是不是很酷？

很熱血沸騰？

華麗的本質是精彩，

而精彩的本質是簡單。

每個機體的左右中武器，

在你用的時候減少一定的能量，

小心它變成紅色。

因為一旦變成紅色，

就說明能量耗盡，

你不能再使用。

機體的防彈能力是你的盔甲，

也是對方的軟肋。

如果你能用武器減低對方的防彈能力，

那麼它的屏障就會脆弱，

你的攻擊能力就能變強！

這樣你的攻擊效果也就越強！

至於是中距離爆彈，還是長距離爆彈，

就看你的目測和計算。

只要讓對方還在你的視線範圍內，

那麼你就掌握著主動權。

這就是天空和老鷹的關係。

老鷹可以和天空抗衡，

但不能完全征服天空，

如同天空也無法徹底降服老鷹。

取平均值裡的最大勝算。

跳動起來有自動瞄準的功能，

但同時也會有被對方瞄準的機會。

當必不可少的近距離攻擊中，

殺傷力不夠的時候，

你就要雙重鎖定，

然後埋身劍擊！

這一招，

特別適合在敵方離開地面的時候。

所以，

請記住，

沒有一擊即中的可能時，

就要蟄伏加審視。

為自己而戰，

不管何時何地，

都要用到智商。

鐳射炮是你的必殺器，

等到最後的闖關，

這就是你可以拋出去的利器。

儘管無論是在攻擊力還是導向能力，

都不是特別出彩，

攻擊的時候還會產生電磁場，

如果不小心觸碰到磁場，

還會造成行動的癱瘓，

或立刻遭到導彈襲擊。

耐心一些，

去掉花招，

用最基本的技巧，

蓄勢待發，

你就一定能打敗對方。

請相信，

你才是獵人，

獵人永遠不會輸給獵物。

《人生方塊》

關於人生的奇怪排列組合，
你有什麼想法嗎？
成為誰的孩子，
誰的爸爸，
誰的媽媽，
又是誰的另一半？
看似是冥冥之中的上天安排，
但其實一切是你自己的選擇。
雲端跳入凡間的某一刻，
你的微笑，
你的眼神，
落在某一個人的肩膀，
就是你的未來，
你某一節的故事。
小時候，
你一定參加過什麼奇怪的組合吧？
那是友情最初懵懂的模樣。
你會在情竇初開的年紀，
偷偷地看一個人。
那是愛情最初懵懂的模樣。
你知道嗎？
你的手裡有一部遊戲機，
上下左右鍵，

落下的不同形狀的板塊，

不斷不斷地調節方向和位置，

是無時無刻都不能停下的努力的方向，

不可有空隙，

讓其努力地變得扎實，

變成完整的一條，

這樣才能抵消掉，

騰出時間和空間，

接納新的湧入。

這一輩子啊，

每個人都是搬運工，

搬著自己的磚塊。

構建最完整最好的城堡，

給自己的身體和靈魂居住。

得分越高，

越有翻盤的機會，

一旦輸了，

堆積如山的問題，

就會宣告你的遊戲結束。

看似沒有高難度的操作方式，

想要獲勝並不簡單。

就像你和同學們曾經都在一個學校裡，

你甚至拿著比他們更好的成績單，

但是進入社會，

你不見得有比他們更好的起跳線。

或許有一天，

你租著房子碰到的房東，

是你的老同學。

你手裡旋轉的梯字形板塊，

怎麼樣都找不到合適的落腳點。

一個不留神，

一個不小心，

一個恍惚入夢，

第二天你的世界就有了不可逆轉的傷害。

於是，

你慌了。

你想要撤銷。

你可知道？

落子無悔，

絕不回頭。

你又可知道？

當你沒有更好的選擇時，

你斬釘截鐵下放的落下鍵，

和你一動不動地看著它的落下，

結果都是一樣的。

中間的差別只是時間的差別。

紅綠藍黃，

鮮豔的顏色，

錯落成勝負，

錯落成分數，

也錯落成人生。

唯一不同的，

不過是掌中的遊戲可以再來一盤，
而你的人生卻不能再來一次。
所以，
不去後悔地努力吧！
你可以的！

《陰謀伊始》

故事的開端，
往往始於愛情。
比如，
一個有兩個男孩愛慕的女孩，
有一天突然失蹤了。
為了把女孩找回來，
兩個男孩一起踏上了尋找之路。
就這樣，進入了一個塵封已久的古堡。
是的，
陰謀從一開始，
就已經發生。
從女孩失蹤開始，
這就是一趟圈套之旅。
準確的說，
是其中一個男孩的圈套之旅。
他是因為相信好朋友，
所以相信了他說的一切。
直到進入城堡，
發現這是一個魔窟，
也跟著發現好朋友變成了兩個。
一個是邪惡的，
一個是善良的。
好朋友背後的元兇，

利用了他，
還造就了這個惡魔城。
月圓之下，
惡念叢生。
為了女孩，
為了正義，
即便是要和好朋友決一死戰，
也是形勢所迫。
不得不如此。
正義是否能打敗邪惡，
想要救的人是否能救得出來，
是僅剩一人能夠逃出，
結局是美滿無缺，
還是徒留遺憾。
這些，都看城堡之內，
男孩收集物品的數量和內心的選擇。
或許，
蝙蝠之下的生命力，
會讓人心生恐懼，
害怕能夠改變一個人的想法，
又或許，
骷髏隊長的成群結隊，
會讓人不得不受傷，
傷痛會讓人的決心動搖，
又或許，
巨大半魚人的冰凍能力，

會讓人不得動彈，

禁錮會讓人永遠都逃不過時間的鎖銬。

又或許，

死人軍團的全面進攻，

會讓人措手不及，

慌亂會讓人的頭腦不夠清醒，

迷糊會讓人做出錯誤的安排。

但到最後，

勢必要分出勝負。

才能終結惡魔城的詭異。

當女孩把腦袋靠在男孩的肩膀，

後怕地表示要離開這裡，

要和他永遠在一起，

相信，

在男孩的心裡，

負傷和謊言製造的委屈之網，

也可以破解。

如果最後不盡如人意，

那也是上天的安排，

朋友自己的選擇。

盡力而為，

不負其他。

打破陰謀，

光終會照進人生的裂縫裡來。

《江湖》

一劍，一竹，一壺酒，
是不是話音剛落，
一副俠客立在江湖中的畫面，躍然眼前？
風蕭蕭起易水寒，
血雨腥風油然起……
江湖，
短短兩個字，
就是無窮熱血。

那麼何謂江湖？
敵強我弱，
卻可以反敗為勝。
這是江湖。
呼吸之間，
眨眼為紅顏，
這是江湖。
刀光劍影下，
挑戰不為性命，
而為姓名。
這是江湖。
手腳之間，招式連連，
這是江湖。

派別林立，

斗轉星移。

無影腳、幻影拳；

迷魂拳、悲慘烈焰；

雙斧，彎刀；

武術也好，

法術也好，

武器獨霸，

不管是什麼派別，

都有它在武林中獨有的地位。

探索，和對話，

在新的地圖上展開。

箱子、木桶、書架上要探索的秘密，

會給你對江湖的啟示多一份意外之喜。

速度、力量、形式，

搭配成無數種可能，

助力你成為強者，

你心裡的夢，

也是你的助力，

助力著你要收納多少信徒，

去到多遠的遠方～

是選擇善良還是邪惡，

是選擇和眼前這個人並肩為伍，

還是和他勢不兩立。

是做一個復仇的戰士，

還是做一個遊走於天地之間的閑雲野鶴，

都是由心出發。

你會享受到第一次進學堂的回到童年；

前往晨星遇到沼澤的困擾；

來到海盜島見證奴隸監獄的震撼；

客棧裡的食人魔讓你體會到什麼叫恐懼；

森林裡的神廟進到天庭遇見死神。

最基礎的武術不耗費氣力和集中力，

可以幫你防身之外還能幫你防禦鬼神，

當你使用武器的時候就能製造巨大的殺傷力，

到達一定等級，

是可以把敵人的頭顱瞬間飛走！

變身幻術，

在某種程度上能取巧地把敵人壓制，

卻要小心氣力的流失。

一招一式之間的奧秘，

學之不盡，

用之不竭。

其中的變化包羅萬象。

所以，

江湖，

也是一個終身學習的地方。

江湖很大，

謙虛而行，

低調存活，

才是和它的共存之道。

緣聚緣散，

江湖再見！

《純粹的戰爭》

有人的地方就有江湖，

你一定聽過這句話。

那是否也聽過，

有人的地方必會發生戰爭？

戰爭這個概念，

就是從人類開始的。

屍橫遍野，

一將功成萬骨枯，

血流成河，

硝煙彌漫。

這些都不足以形容一場戰爭，

但可以形容每一場戰爭。

戰爭的性質本身很純粹，

就是為了爭奪和侵略。

戰爭的過程卻可以多種多樣，

充滿各種陰霾和算計。

裡邊的曲折和人心，

書寫一萬本都是不夠的。

或許，人性裡，

本來就有一部分是天生的殘酷？

再溫柔的人，

也會拿起機槍變成另外一個人？

期待著，

沒有角色的設定，
沒有成長經驗值的限制，
沒有隨機因素的影響，
就只是硬幹。
一場又一場的硬仗。
部署和策略是唯一的通行碼。
是你走向勝利的必然通道。
難度頗高，
硬核燒腦。
是的，
戰爭某種程度上來說，
就是遊戲。
遊戲裡，
只有勝負，
沒有對錯。
只有成王敗寇，
沒有朋友親情。
你的眼睛就是掃描器，
你的心臟就是供血站，
你的手就是武器，
你的信念就是支撐。
對方太強，
要和你有幾個來回，
那麼回合制的戰略遊戲裡——
計算攻擊，
移動範圍，

地形影響，

兵種相剋種種，

都是你要考慮的。

所謂兵不厭詐，

三十六計可以貫穿古今，

也可以通過你的能力，

推陳出新。

最常見的近身加上遠端部隊的組合，

整合資源，

爭奪資源，

保護資源，

生產部隊，

選擇指揮官，

每一步，都要靠自己。

積累能量，

恰到好處地暴發，

就可以扭轉局面。

在自由戰鬥的地圖上，

開疆拓土。

節奏明快，

循序漸進，

這就是最純粹的戰爭。

這也是最高端的爭奪。

不要擔心血腥，

拋開過去的那些固定印象和偏見，

只專注於戰略上的精彩刺激，

你會發現，
原來拋開那些負面想法，
戰爭還是挺有意思的。
那是一個逐漸挑戰自我的過程。
不斷地發現極限，
發現潛能。
你覺得不行了的時候，
又柳暗花明了。
你覺得你還可以繼續的時候，
現實敲打了你。
下一秒，
永遠不知道到底是能繼續占上風，
還是處於下風。
這就是戰爭的魅力。
開動吧，
你就是王者。

《奇妙光暈》

歷史的循環往復，

總是在模仿過去創造未來，

人類是地球的主宰，

放在宇宙裡又微小如塵埃，

日月星辰的交替，

一切推著往前走，

來到某一個時間點，

看似不在意的問題就會變成大問題，

看似沒有矛盾的平常就會變成不平常。

比如你隨便眺望的天空一角，

可知道那裡有另外一個地球的複製品？

環境，氣候，生存條件，

可以讓另外幾十億的你，呼吸和活著。

某年某月的某一天，

地球上的人口過剩問題；

資源爭奪問題；

政局動盪問題；

勢必會出現血腥衝突。

太陽系的混沌，

若那個時候還能印刷歷史書，

一定會學到這樣幾場富有意義的戰役——

木衛戰役、雨林爭霸，

以及火星遭遇戰系列。

而一向喜歡政治的人類，
又怎麼會放過這樣的大好機會，
不搞一場新的政治運動怎麼可以？
科氏運動和福氏運動，
前者標誌著新的共式主義思想，
致力返璞歸真，
回到過去的光榮歲月，
消滅公司和資本家的毒瘤。
後者和前者搞對立，
把毒瘤變成支持的金主，
勢必消滅暴君來達到一種社會和平。
如果你以為這僅僅是人類內部的戰爭，
那就大錯特錯了。
把視線放大一些，放的再遠一些。
新晉世界大戰開始了！
人類殖民的七座星球，
踏遍了先行者的蹤跡，
保管著蟲族的邪惡生物實驗室，
巨大的殺傷武器，
試圖消滅 2.5 萬光年內所有的有機生物體。
當一種力量企圖覆蓋其他所有的力量時，
它是在間接地鼓動其他力量的團結。

———

星盟開始攻擊人類的殖民星球，
導致人類的太空艦隊幾乎全軍覆沒，
只剩下一艘孤零零的秋之墩號。

它的船上還搭載著幾個倖存下來的斯巴達戰士。

於是，一個斯巴達計畫來逆襲失敗戰局的設想開始了。

飛船在一個神秘的環狀帶消失。

隱遁在所有的勢力之外，

韜光養晦，

臥薪嚐膽。

幾個斯巴達戰士中提取一個士官長，

帶領其他的陸戰隊員，

並肩作戰打敗星盟上的敵人和一種奇怪的生物。

這種生物叫屍腦蟲。

這種原本被封印的生物，

不知道為什麼被突然放出。

它極具適應力，殺傷力，

且繁殖能力驚人，

幾乎所有感知生物都是它們的食物！

吞噬一切，

毀滅一切！

士官長們的勝利，

除了代表平衡了各方的平靜之外，

還有一個真相，

被逐漸開啟……

讓我們緩緩。

細細聆聽後充滿自信這不是結束，

因為當星盟敗了後，

新的故事也意味著出現一個新的人物。

和士官長 PK 的星盟艦長被革職查辦，

遭整個星盟唾棄。

送上軍事法庭。

然而他的死刑被首列撤下，

封其為烈士，

讓他不斷地執行自殺式任務，

直到犧牲！

瞧，連死亡都可以利用的。

死在戰場上比死在軍事法庭上來的有意義多！

星盟再次入侵地球，

新的戰爭拉開序幕！

這次不再是可怕的屍腦蟲，

而是更可怕的鬼面獸！

在奇妙的光暈帶，

過去的秘密和現在的綺麗，

在不斷的戰火碰撞中，

露出了它的真面目～

《神曲》

聽過神曲嗎？
來自但丁的神曲。
那是人間，天堂，地獄的對話。
那是但丁套用了夢的包裝，
把玄幻遊歷的給表述出來。
人間之所以叫做人間，
就是人和人之間沒有其他玄幻的存在。
而人間的繽紛實在太過美好，
充滿引誘，
總有一些試圖加入當中，
總有一些試圖破壞其中。
惡魔於人間是災難，
地獄於人間是黑暗襲擊光明的存在。
既然有打破的力量，
那就需要有平衡的力量。
追擊惡魔的獵人，
與魔界的惡魔對抗，
阻止他們入侵人間。
讓暗之區域和光之區域涇渭分明，
各自安好。
因為在這之前有這樣一番故事——
邪念自古有之，
魔王率領惡魔大軍揭竿而起，

企圖侵佔人界，

他手下最忠實的部下，

為了保護人族選擇了倒戈相向，

一場大戰暫時得以平息。

之後，部下決定關閉魔界和人界的通道，

將他的劍永遠留在魔界。

之後他遇到了一個美麗的女人。

組成美滿的家庭，

生下一對可愛的雙胞胎，

並把能解封劍的力量留給了他們。

有一天，部下突然不見。

而不久戰敗的魔王恢復了力量來尋。

母親為了保護孩子赴死，

兩個孩子也被迫分離。

成長的痛在他們的心裡留下了不同的烙印，

哥哥恨自己不能保護弟弟而瘋狂地去尋找力量，

弟弟因為母親的死痛恨自己是惡魔之子的身份。

這或許註定了雙生子之間需要一場碰撞。

當尋找力量的哥哥不小心將魔界入口的魔塔打開，

當弟弟和哥哥重逢，

兩人因為不同的信念打了起來，

哥哥最終因為信念的力量輸給弟弟，

選擇孤身墜崖。

弟弟失去了最後的親人，

終於頓悟，

哥哥是為了讓自己留在人間，

繼承父親的意志，

才會那樣做。

於是，弟弟開了一家對抗惡魔的事務所，

讓自己成為了惡魔獵人。

開展和平事業。

然而墜入懸崖的哥哥並沒有就此結束生命，

他在墜入魔界之後感應到了相似的魔力，

為了超越父親的傳奇，

他決定決鬥魔帝，

只是奇蹟這種事情之所以成為奇蹟，

是因為它發生的概率微乎其微。

哥哥失敗，

被變成了黑色天使。

弟弟帶著自己的力量來到一座島上，

幾番探索後和一位黑色騎士展開較量，

黑騎士被擊敗，

魔力消散最後消失不見，

弟弟憑藉他留下的項鍊，

認出那是哥哥。

兩個人的項鍊終於重合，

喚醒了父親留下來的真正的力量，

弟弟背負著童年的陰影，

哥哥的離開，

這最盛大的悲痛變成了最盛大的神力，

使他最後戰勝了魔帝，

得償所願地報仇。

當血腥重新歸於時間的大海，
千年聖戰安然結束。
人間暫時的安全，
並不代表永久的安全。
仍然不能放鬆的守護工作，
繼續開展。
本性善良的惡魔獵人，
要帶著內心所願，
踏著腳下的土地，
蛻變而生的堅強，
往前，
再往前。

《小小的恐怖》

戲謔而又鬼魅的笑聲，
幽遠而來。
不是夜色裡的惡作劇，
也足以讓人起一身的雞皮疙瘩。
你可願意尋著笑聲過去探險？
已知的恐怖，和未知的冒險，
你更無法抗拒哪一個呢？
如果你暫時給不出答案，
可以看看一個銀髮小男孩的選擇。
他就義無反顧地衝進了一棟像迷宮一樣的鬼屋，
在已知的恐怖裡奔跑著。
哪怕是被突然跳出來的骷髏給嚇得一激靈，
也會立刻一個飛踢，
或者揮起拳頭，
將他們打個七零八落，
一地骨頭。
只是屋子裡太大了，
他常常跑進了死胡同——
積灰已久的書架，
抱著娃娃呆呆站著不動的小女孩，
總是時不時彈出來的古怪笑聲，
碧綠色的牆面，
下一個轉角彷彿就是另外一個驚嚇。

當然，還有似乎被綁來的同齡同伴，

他們想要給男孩一些提示，

可惜，還沒給出提示，

下面的磚板就突然下墜，

人不見了！

就好像是那些可怕的小鬼們給男孩的警告──

千萬不要多管閒事！

可是男孩才不怕呢！

他飛踢可以藏匿驚嚇的垃圾桶，

大力地搬起盆栽來看看，

他要把可怕的這裡變成遊樂場所，

他要一邊搞破壞一邊和小貓咪玩耍！

沒有插著電視線卻會滋滋亂動的電視？

哼，

拿起木板就打！

關在籠子裡還要撒野的小鬼？

哈，

拿起盆栽就直接砸過去！

好了，這個房間玩累了，

就往下一個場所移動。

老舊的牆壁上幽幽亮著的壁燈，

悄悄地敘述著一個什麼樣的故事？

上一代的主人？

還是現在正在注視的現場直播？

男孩也會有不慎被打到的時候，

一個後退跟蹌，

就掉入了密室玄關。

等等，

此頁停止？

到這裡戛然而止？

男孩是在自己創作故事，

還是在故事裡成為自己的主角？

不得而知，

暫時還不得而知。

靜觀其變，

隨著他進入一個擺放桌遊的房間，

自動會跳舞的椅子，

閃動的燈火，

捉弄著你的智商，

挑戰你的理智，

以不變應萬變的唯一辦法，

就是見招拆招，

過河拆橋！

男孩把所有的捉弄都幹掉，

一個小門就會自動打開，

進入下一個神秘的房間～

好像隨著勇敢，

恐怖也變得不再那麼恐怖，

突然跑出來嚇人的小鬼變得有幾分可愛～

男孩用特有的天真和單純應對，

無畏一切，

慢慢地，

你會發現，
世界上很多事情都是自己嚇自己的成分比較多。
除去心裡的陰霾和小鬼，
讓陽光照射進來，
害怕的事情就會變少，
腳下的路也就會變得更踏實一些。
男孩就是你心裡的陽光，
來吧，
一不小心選擇一下，
親自體驗一把，
什麼叫做可愛無敵！

《鮮豔的紅》

紅色，

代表什麼？

正義？

傷害？

那一身鮮豔的紅色盔甲，

身後在風中飛舞的粉色披風，

閃電般的奔跑速度，

即便你不仔細留意，

也無法忽視他的存在，

他的確存在於江湖之中。

有他的姓名，

和他閃耀的故事。

攻擊壞人時，

讓時間變慢的能力，

攻擊力加倍的特性，

是他的專屬，

你羨慕嗎？

三百六十度腳的迴旋踢，

即便閃暈了你的眼睛，

他也不會有絲毫的暈眩感。

進入古跡時代，

他也可以做到很快適應。

那什麼大恐龍，

都不必看清全身，

直接將它踢暈帶走！

迅速跳過熔岩和板斧的夾擊，

點燃四個火盆，

打打落的珠寶都塞進四個蛇口之中。

這個敵人花樣很多，

他為了招架需要花費一些力氣。

不過，無妨，

分身出現，

各種避閃，

外加趁敵人變成一條蛇打瞌睡的時候，

玩命攻擊就是了！

等一下，等一下，

戰鬥機飛過來了，

發射的子彈和導彈，

全盤接收再無償返回！

很好，

踩著飛機也能吃到天上的補充，

這就是能屈能伸啊！

上天入地中怎麼能沒有經典場景？

典型的江戶時代，

有一座橋，

稍微靠右一點的小兵腳下，

是可以破壞的千斤墜，

跳下去可以吃到不少東西，

滅完這些小兵繼續前進，

可以看到一頂轎子，

左中右分別是需要打擊的按鈕，

兩邊一快一慢的步兵，

煩人的忍者兵也在靠近的隊伍當中，

紅衣之下，

蠢蠢欲動永不服輸的心，

在各種任務中奮勇爭先！

要再聽一遍他的名字嗎？

很容易，

你隨他一同闖關。

讓他親自向你光榮介紹吧！

《萬花筒》

你什麼時候領略到大自然的可愛的？

陽光和煦的時候，

野餐散步的時候，

晚霞漫天成為照片背景裡瑰麗的存在的時候？

那你有被大自然嚇到的時候嗎？

狂風暴雨來臨之際，

泥石流洶湧之際，

還是吞沒家園之際？

你可曾罵過？

大自然說變臉就變臉的調皮？

你可曾想過，

這個世界上的定義，都可以被顛覆打破？

太陽發光的表面佈滿黑子，

月亮的害羞不是為了給星星讓路。

萬物分為陰陽，

海納卻只為了百川。

如果只用死板的目光看待事物，

你得到的一定不會是可愛的回應。

樹林裡，

探頭探腦的小松鼠，

毛茸茸的身體，

大大的尾巴可以當降落傘，

最喜歡吃松果，

圓溜溜的小眼睛充滿了晶瑩剔透的靈動，

只要你有一顆心，

你就會天生地被它萌化了。

小心！

警惕！

你的這種天生喜愛，

就是它偽裝的手段！

既然沒有尖銳的牙齒震懾到你，

就用可愛的皮囊誘惑到你。

有沒有如夢方醒的被騙感？

或許你看不到，

所以你不願相信。

但如果你看到它一轉身就是髒話不斷，

粗鄙貪婪，

還有還有，

跳到你的裙擺底下咧開尖銳的小虎牙哈哈大笑，

那你就應該相信了。

不，

可能你還是不相信的。

因為這種表裡不一，

實在太讓人意外了！

外表越可愛，

內心就越狂野。

當喝醉酒的松鼠和老友分別，

踏上回家的路時，

他的狂野旅程就開始了！

這些是什麼人呢？

為什麼阻攔著不讓他回家？

頭戴盔甲，

重型機槍上手，

即便是回家的路途，也要全力戰鬥！

漫天大雨，

混沌的酒吧，

有人在咳嗽，

有人在生火，

還有燭火邊的骷髏在搖曳身軀。

晃晃悠悠間，

置身於一個幽藍的黑洞，

踏過火焰之下的獨木橋，

踏過月色懸崖下搭建在木屋之上的懸梯，

一步步地上去，

一步步地像要更加接近回家的路途！

飛蛾在撲扇著翅膀，

一不小心踩著空中臺階，

掉了下去，

又要重新往牆面上攀岩。

那橘黃交叉著淺黃的大尾巴，

是他一路上的好朋友！

護著他一往無前！

你也要護著他，

護著他贏得獎牌，

護著他能儘早歸家。

你贏得的獎牌越多，

越能有意想不到的情節。

這就是小松鼠要送給你的驚喜。

記住，

凡事都可以多面來看。

就像萬花筒，

一轉一動，

一世界～

《緩慢》

亙古大地，
有很多的神秘力量被人類挖掘出，
和被人類挖掘中。
在黃土地表上，
有些天選之人能聽到來自宇宙的奧秘。
比如，煉金術。
在某個時期，
誕生、發揚、氾濫。
它相對應的精神力有四種屬性，
點燃世界各地的四座元素燈塔。
在那個頗為神秘的遠古時期，
落後的人類，
因為煉金術得到迅猛的發展。
所謂過猶不及，
月滿則虧。
人們從煉金術中獲得了好處，
也逐漸發現了它的壞處。
它從最受寵的位置，
變成了被封印的拋棄地位。
然而，
燈塔已經被點亮過。
如果再次被點燃，
黃金太陽的力量會回到大陸。

原先並肩作戰的戰友反水站到對立面，

時移世易，

元素燈塔又成了救命稻草。

當他們站在世界地圖的上方，

俯瞰到的是世界之大，

讓人咋舌。

這是一個完全自由探索的世界，

起初選擇有限，

包括走的方向，

坐上的神秘飛船，

去向未知的地方。

天高海闊任鳥飛，

該去哪裡？

是哲學問題，

也是實際問題。

開船出海的起初或許會有些迷茫，

但終極目的，

還是要去往那個——

被迷霧包圍、時間禁止的地方。

可是這個地方哪兒有那麼容易去呢？

就如同迷宮裡的障礙，

哪兒有那麼容易解決呢？

千難萬難，

難於上青天的難！

勉強找到這片魔之海的入口，

進去之後，

是急促的海流，
還有一個個火山口。
這些湍急讓航船路線無法通過，
船體無法被很好控制，
做過一些努力後，
還是會被沖了出去！
可看不可靠近，
欲望只能是想像！
這就是現實。
如果你找到了人生目標，
諸多實踐之後發現無法達成，
你會留守原地還是掉頭就走？
至少我會退一步海闊天空。
調轉船頭，
先去環遊世界也不錯。
來到一個民風淳樸的村子，
看到一群無憂無慮的孩子們。
孩子們邀請你玩的遊戲，
你意外地發現是無心插柳——
竟是進入魔之海的方法！
一關過去後還有一關，
解決的方法都流散在外面。
是一次次的周遊世界，
才能帶回來的入內鑰匙。
沒錯，
這是一個緩慢的冒險。

你可以去到很多地方，
見到很多人，
聽到很多事情。
打碎一個石頭，
會得到一塊新世界。
而在這樣的緩慢裡，
你或許會發現最初要點燃的燈塔，
目前為止，還沒找到。
別急，
慢慢冒險吧！
緩慢是一種情趣，
也是你停止住自己現實時光裡的──
一個小秘密。

《虛幻和真實》

前些天，

我朋友的貓咪去世了。

陪伴了他九年。

我問他，那是一種什麼感覺？

他想了很久，

呆呆地看著我說：

我之後再也見不到它了的感覺。

我反覆琢磨著這句話，

我彷彿看到一個畫面——

前面有一道白光，

明明有了思念的身影，

觸手可及之間的距離，

可就是怎麼也碰不到。

這種感覺，很絕望。

思念動物，尚且如此。

思念一個人，特別是愛人，

該有多加倍的絕望呢？

無從想像。

於是當一個丈夫，

收到已經死亡三年的妻子的信，

約他去一個地方見面。

這個丈夫是無法拒絕的。

那是一個終日被迷霧籠罩的小鎮，

那是丈夫曾經和妻子觀光過的地方。

妻子對丈夫說過，

她很喜歡這裡。

所以，她會在這裡嗎？

丈夫第一個想到的地方就是薇水公園。

踏著曾經和她踏過的路，

彷彿看到了妻子美麗的容顏以及頻頻回頭讓他快些的樣子。

當丈夫的嘴角慢慢地勾起笑容，

突然迷霧散開，

變成了一片黑夜壓迫而下，

周圍的一切景色都被黑色吞沒了。

前邊奔過來幾隻頭上長著角的怪獸，

掀起沙土朝丈夫飛奔了過來！

不！

丈夫本能地轉身逃跑，

可是後邊的怪獸追逐的太快！

他跟蹌地撲倒在地，

發出痛苦而害怕的叫喊聲。

就在丈夫以為自己死去了的時候，

他慢慢睜開眼睛，

發現自己又回到了剛才的地方。

小鎮的樣子沒有變，

他抱著自己趴著的路，

還是那熟悉的路……

這是怎麼回事？

這太可怕了。

丈夫跟蹌地站起身，

繼續往前走去。

在施工的大道上追著一個血痕，

發現了一個收著雜音的收音機。

那收音機裡的聲音似乎在召喚他。

無法通行的道路，

屍體上找到的一串公寓的鑰匙。

奇怪的小女孩，

不停嘔吐的胖子。

這些依然很奇怪。

更奇怪的是，

在薔薇公園丈夫遇到了一個和妻子長得一模一樣的舞女。

裝在籠子裡的怪物，

在醫院裡被小女孩反鎖進房間然後看到周圍陷入血色的紅

色……

丈夫無法解釋這些奇怪。

就如同他無法解釋自己到底在哪裡。

是在夢境，還是在現實？

到底哪一個世界才是真實存在的世界？

總是戲弄他的女孩，

告訴丈夫，

他的妻子根本就沒有死。

還準備收養她！

當丈夫找到了一盤錄影帶，

裡邊記錄了他親手用枕頭悶死患病的妻子時，

才明白，

所謂的小鎮，所謂的怪物，

是他人格分裂出的罪惡感。

罪孽的無窮無盡如同怪獸的大嘴，

會吞噬一切。

最好的辦法就是做個了斷。

於是，

他找到刺死妻子的三角頭，

將其毀滅。

走廊的盡頭，

他帶著花終於見到了思念的妻子。

之後，再也沒有人見過丈夫。

再也沒有人見過小鎮。

如同他來時一樣，

靜悄悄。

《可愛世界》

輕揚的音樂開場了。

怪獸博士登場了！

這是一個怪物被當作寵物的可愛世界。

這裡的一切，

都由你來決定分寸和方向。

給你的小傢伙取個名字，

進入一間房子，

你能碰到你的朋友們。

他們會跟你交換寵物，

或者你可以欣賞一下別人的寵物。

給小恐龍取個名字，

等一下就要和朋友的傑尼龜 PK 了！

你可以指揮，

提高對方的戰鬥力，

怎麼樣？

你可以提高等級，

還可以拿到獎金！

這場帶著勝利有些厭倦了，

你可以帶著你的寵物退場，

繼續遊蕩。

放心哦，

會有不速之客前來挑戰你的。

比如野生的麻雀！

兇神惡煞的小狼狗！

只要你不怕，
你的小寵物也就不怕！
迎戰就是了！
綠油油的草地，
是你們散步的空間，
也是你們隨時戰鬥的地方。
商店裡有創傷藥，
有委託物，
還有獎勵品。
這裡的一切，
都是溫柔而可愛的存在著的。
就連攻擊和被攻擊，
都是軟萌萌的文字輸出，
你相信嗎？
起初我也不信。
直到我鑽入了口袋，
看到了可愛的妖怪。
我就相信了～
你要不要試試？
可能沒有特別漂亮的畫面，
黑白的呆萌。
就讓我們回到最初的簡單淳樸，
那個吃著冰西瓜還沒有繽紛雪糕的夏天，
開始一段快樂的，
重返時光之旅吧！
你好，我叫小智。
你叫什麼呀？

《可愛的靈魂》

當我們把世界想的過於奇怪，
其實世界正在溫柔地——
包涵著我們的可可愛愛。
五顏六色的溫暖，
是這個故事的底色；
明麗輕快的柔和，
是這個故事的基調，
簡單清新圍繞著每一個你和我。
慢慢地，
不必過於小心翼翼地，
進入這個故事吧！
——
事情的發展還要從一個不小心的爸爸說起。
管理宇宙的老爸，
因為一個不小心，
將月球破壞了，
父債子償在這裡不用想成過於沉重，
反而是個可愛的契機。
作為兒子的小王子，
為了彌補老爸的過失，
就把可以黏住的東西送去地球上。
小小的一塊一塊，
黏成大大的一塊一塊，

萬事萬物都黏成越來越大的球，
這樣做成的大球，
就可以補上宇宙的空缺。
動機很簡單，
彌補的行動也很簡單，
只要持之以恆，
保持內心的純粹，
就可以如愚公移山，
時間在滾動，
努力就能變大，
空缺就能變小。
小小的力量推動著變大的塊，
吸收各種物體，
舞臺跟著轉變，
只要你手中的物體不斷變大，
那麼任憑高樓大廈、還是摩天高塔，
都無法阻擋你前進的腳步！
請不要限制你的想像力，
被你吸引過來的，可能是一隻烏龜，
也可能是一輛汽車，
又或者是一堆鑰匙鎖扣，
奇奇怪怪，
天馬行空。
下一秒你會遇到的幽默畫面也不能提前構想，
那太質疑幽默感了。
當你的物體半徑可能抵達數千米的時候，

你也不要太驚訝。

請相信，

世界之大，

一切都可能發生！

當然，除了不必驚訝之外你還要注意你的平衡感，

你要知道，

你必須牢牢地把握住龐然大物的平衡，

才能穩穩當當地前行。

沿路的花朵是贈與你的風景，

美好的太陽照亮你歡樂的影子。

盡情地把自己當成孩子吧！

在這裡，

你的幼稚是最正經的動機，

你的微笑是最放肆的放縱，

你的努力是最美麗的禮物。

宇宙的窟窿，

如同你人生的困難，

變得沒有那麼恐怖和龐大，

加油吧，

全力以赴，

不是癡心妄想的鼓勵，

而是你手可摘星辰的未來！

《消失的村子》

這首先是一個恐怖的過往。
如果你堅持要翻開，
便要學會承受。
如果一定要有一個比喻，
那就是一段混沌進入光明的故事。
只是混沌的時期太久，
光明暫且還與其無關。
準備好了嗎？
我要開始告訴你了

———

黃泉的入口在某村莊內，
村莊每隔一段時間就要舉行祭祀活動，
為的就是鎮壓住黃泉的怨氣，
避免波及村莊。
村莊的歷史悠久，
由四大家族管控，
獻出一對雙子來祭祀也是歷史悠久。
由年幼的殺死年長的，
從而釋放出巨大能量，
是該村莊裡每對雙子逃不掉的宿命。
只是……
出意外的，是輪到了一對叫月的姐妹。
對這個世界過分思戀，

導致儀式失敗。

無奈，村長只能把目光落在了自家女兒身上。

月姐姐知道了，

便通知她們。

不願意成為新的祭祀品的她們逃跑了。

結果姐姐掉入懸崖被抓了回來。

就算只剩下一個，

儀式也不能停！

於是，兩個被迫留下的姐姐寄希望於妹妹。

希望妹妹能夠回來救自己！

結果如你所料，

沒有人回來。

於是姐姐的怨念籠罩了整個村莊，

儀式再次失敗。

村莊陷入大償，

重複在祭祀的這一天，

循環往復。

怨念叢生。

於是，時間在這裡停滯了。

一對從大城市來的天蒼姐妹，

不慎誤入這被世人稱為消失的村子中，

開始了一段恐怖奇怪的旅程。

當時的那段恐怖，

似乎另有被埋沒的劇情。

比如那麼多次的儀式活動中，

被祭祀的雙子，

總會有人無法對另一個兄弟姐妹下手，

父母的疼痛無法忽略，

無法抵禦這村子的傳統之下，

感情打敗理智，

至少會做出反抗，

當其中有人的爸爸是人偶師的職業，

他就會按照自己孩子的模樣製造人偶，

給靈魂當軀。

試圖保存下孩子的氣息。

而這樣有違天倫的事情，

註定會在之後的某一刻反噬回來。

又比如，

看似封閉，無法和外界連接的村莊，

其實有著不被太多人知道的深道，

四大家族秘密地在深道中匯合，

可以去到外邊的世界。

再比如，

先死的妹妹或者弟弟，

脖子上會出現紅蝶的痕跡。

來佐證村裡人對於祭祀黃泉的信仰。

天蒼姐妹的意外闖入，

似乎冥冥之中，

也跟這個村子的過去重合了。

她們是否能順利逃出，

等同於村子的宿命，

是否能在恐怖中終結。

人類的力量，

能戰勝虛的力量嗎？

噓……

聽。

她們的故事開始了。

《荒誕的實現》

日新月異，
是時間的必經之路，
也是我們所處的世界必然的變化，
我們阻擋不了明天替代了今天，
今天替代了昨日。
我們同樣阻擋不了自己的長大和衰老。
你想像過這些嗎？
太陽有一天可以按照設定的時間再升起？
城市之間的一秒轉移？
人可以不用吃東西只靠信號活著？
又或者是我們的壽命由自己來定？
這些荒誕的想法，
你可想過在多少年後可以實現？
當有一天這些能夠實現的時候，
你還覺得荒誕嗎？
來吧，
把想像力的空間放大一些！
再放大一些！
有一天，我們每個人都會攜帶一台小型電腦，
其中會有網路領航員來加入生活。
我們的生活，會變得無窮便利，
想像不到的便捷！
比如，想吃漢堡的意念在腦海裡形成的那一刻，
漢堡就到你手裡了！

這樣聽起來，好像危險也能迅速地來到身邊對嗎？

是的。

凡事有利有弊，

總是雙向進行。

網路駭客、病毒傳染，

也在這個時候大行其道。

當一個小學生的父親，

把一個有點酷的帶著頭盔的網路領航員送給他，

作為生日禮物，

屬於孩子們最單純的正義光芒就有了著落點。

小學生和他的朋友們組織了一個網路團隊，

專門解決網路上的問題，

好多神秘犯罪的陸續爆發，

似乎隱隱在預示著這背後有一個不簡單的邪惡團伙。

於是，

轟轟烈烈的對抗賽就此展開。

網路作為平臺，

沒有硝煙的正義和黑暗之間的對決。

火焰氣力、

樹木護盾、

電擊兄弟，

冰凍人，

樹木人，

彩色人……

各種形態，

多變對決。

用你想像不到的姿勢，

完成一場又一場想像不到的爆發。
最大限度地發揮出精彩的能力，
是的，
邪惡團隊終究會被毀滅。
可是邪惡毀滅不完。
在光明看不到的地方，
邪惡分子會重組變強，
會繼續攻擊平靜下來的網路安全城市。
面對未知，
面對可能失控的未來，
需要做的是什麼？
不只是小學生，
不只是網路領航員該思考的問題。
也是我們每個人需要思考的問題。
捲起風暴，
衝擊神鷹，
使用對戰晶片，
形成夢幻靈氣，
在鋼盔防禦的保護下，
衝刺吧，
攻擊吧！
為了安全的生活環境而戰！
為了美好的未來而戰！
你還在等什麼？
拿起你知識的劍刃，
手刃藏在暗處的力量。
你也可以是自己的領航員！

《平靜的接力》

精神文明的分裂，

代表著進步和前行，

也代表著高低和戰爭。

無可避免，

如同人的成長，

就像水流的恒常。

當勝利的一方封印了失敗的那一方。

世界得以暫時的平靜。

或許能從硝煙裡讀到他們的故事。

而如同無可避免的戰爭一般，

平靜也無法維持永恆的長久。

當勝利方的生命體消失，

被封印的敗者絕對不會就這樣甘心埋沒。

那不斷積累的復仇心，

在次元空間裡的膨脹，

最終化為邪惡的存在。

一番混沌的政權變更，

星球迎來了新的統治者。

當這個統治者知道屬於太陽系的封印秘密之後，

攝政王製作了時空之門。

和封印中的精神生命接觸後，

反而變成了深遠之暗的忠實僕人。

於是，

恐怖政治開始。

隨之建立的天空之城，

成為深遠之暗的舞臺。

關於攝政王的性格大變，

有忠誠的臣下秘密調查，

一個倒下，

另一個繼續。

前赴後繼，

繼承遺志和同伴一起，

將深遠之暗的力量給消滅，

還以蔚藍的天空一記晴明。

至此，公主變身女王，

成為新一代的統治者後，

夢幻剛剛拉開序幕。

每個夜晚，

沉寂中暗暗蘊藏新的力量。

當女王登基的時間已經流逝千年，

當昔日的灰白星球，

變成了綠色星球。

當某一處發生了宇宙船事故，

只有一個人活了下來，

這個人註定要成為接下來的和平擔當。

他和另一個少女妮認識，

這個奇怪的妮，

看上去是十歲的少女，

其實只有一歲。

這樣超生長的新型人類註定要被當做怪物，

很快地，

生化怪物大量出現，

不斷地襲擊著各地居民平靜的生活，

和平擔當的隊伍加入其他同伴，

一起探索這背後的真相。

這樣的探索之旅，

是最刺激成長的。

當他們找到怪物風暴化的元兇時，

驚訝地發現，

她長得和少女妮一模一樣。

原來這位妮一號誕生在兩年前的一次生化實驗，

她被當做是失敗品，

準備殺掉。

妮一號逃了出來，

並偷走了實驗資料。

她開始製造大量的怪物，

報復所有的人類。

可是她體內的善良又阻止和抵抗著，

並從體內分離出來，

這個人就是妮。

最終善良打敗了邪惡，

妮也完成了她存在的使命。

一波三折，

擾亂這場和平的幕後真凶是地球人。

母星被毀，

子民們需要被安排著移民計畫。

當各位乘坐的先驅者 2 號經過一年多的時間，

卻和先行到達的先驅者 1 號失去了聯絡。

於是接受委託，

發現了一座古老的遺跡。

它的整體居然是巨大的宇宙船，

遺跡的深處，

等待各位冒險家的，

是一名暗黑佛化身的女戰士……

你發現了沒有，

夢幻所代表的意義，

其實是某一個程度的平靜。

而為了這份平靜，

需要把努力接力下去。

或許是你，

或許是他。

義不容辭，

此生不負。

《決戰荒蕪》

北方的荒蕪，

儲藏著史詩般的故事。

那和天最近的地方，

往往有最多的奇蹟。

而冒險，就在奇蹟裡渲染出讓人驚歎的色彩。

那跑馬而過的戰場，

為欲望挑起的戰端和硝煙，

你是其中的一個嗎？

還是只是一個旁觀者？

侏儒般的矮人，輕盈飛舞的精靈和魔王索倫的戰爭，

邪惡和善良的戰役，

你站哪一隊呢？

矮人和精靈會聯手阻止索倫破壞他們的家園，

這是正義之戰；

索倫的戰軍會有小妖族的幫忙前往多哥，

在那裡，

會有龐大的莫克森林；

也會有玄幻的灰色天堂；

會有大片荒涼的維特威荒地，

也會有迷之山上的小妖城，

還有矮人和精靈的主城堡。

你可知道在這樣四分五裂的各方勢力下曾經的淵源？

四千年前索倫騙了精靈，

打造了十九枚統御魔戒，

自己則暗中打造了一枚至尊，

將十九枚分派給人類國王、矮人國王、還有精靈國王后，

試圖控制他們。

為了抵抗索倫，人類和矮人他們結成同盟，

砍下了索倫的手指，

索倫真身被毀，

全軍覆沒。

歷史總是驚人的相似，

多年後的輪回，

不過是把欲望熱了又熱。

六個種族聯合的世界，

就像多個世界的重疊。

你可以選擇成為西部的勇士，

也可以成為一個毫不起眼的精靈，

也可以是小妖族裡的一員。

每個種族都有自己的長處，

比如矮人們是很好的鑄造師，

可愛的小妖們很擅長挖地洞。

海軍掌管著海洋，

有怪誕的水中生物叫不出名字，

也無法馬上知道它會造成怎樣的破壞力。

這個世界太大了，

大到需要你的腦海中有建造好的設計圖，

在任何地方都可以建造妄想和專屬，

在任何方向都可以無盡延伸。

除了放肆你的喜好之外，

戰略部署的考量也很重要。

堡壘是基地最重要的基礎，

能幫你防禦外界的侵擾，

是基地最重要的門面。

可以升級，護牆，滾油，

甚至是燃燒武器，增加生命值。

每個陣營的堡壘都有它專屬的獨特屬性。

比如西部勇士的堡壘，

是增加可視範圍的象牙塔。

像母親手裡的針線，

每一個細節都需要我們的精心考量，

你心中所想，

就是你呈現出來的外在樣貌。

你還可以選擇做怎樣的英雄，

甚至為不同的英雄打造不同的停留建築。

規則你定，

心意你定。

你的規則就是這個世界的規則。

你的想像力決定了你能走多遠能爬多高。

這大地留給你的財富和寶藏豐富到超出你的想像，

不時的一場大戰，

遍地的驚喜。

每完成一個任務，

就會有相對應的經驗值。

這樣為你打開新領域的大門，

又增進了一步。

依循自己的角色，

穿過中土世界，

和遠征軍並肩作戰，

迎接新的衝突事件。

在這裡，

你努力的人生不會演戲，

你創造的挑戰獨有專屬色彩。

《美好的養成》

男孩女孩們啊，

明亮的瞳孔都裝滿了什麼啊？

是白藍永恆的白雲藍天，

是冰冷多彩的鋼筋水泥，

還是廣袤的碧綠草原？

所看之處，不會一塵不變，

風景需要更換，

眼界需要擴大，

心情也需要更替。

這就是人的多變性和需求性吧！

可是總是有些人的生活，

會被固定在一種地方。

一不小心，

就日復一日，

年復一年。

比如在城市裡生活的女孩。

若有一天，

你有機會去農莊生活，

你會選擇一往無前嗎？

至少有人這麼做了。

有一天，一個女孩看到報紙上牧場的消息，

就果斷地辭掉工作，

和原來的生活做分別，

來到了鄉下牧場。

發現這裡已經荒廢了好久。

報紙上關於牧場的美好形容，

是村長的謊言。

當想像和實際差距甚遠的時候，

放棄和堅持就成了選擇。

女孩選擇了後者。

她扛起了鋤頭，

也扛起了牧場的一切工作。

愛美的女孩呀，

泥土沾染了芬芳落在女孩的臉頰，

青草被牛鼻子調皮地噴在頭頂髮絲，

穿著工裝久了，

一定會想念紅妝。

女孩購入鏡子，

換起了衣服。

要知道，

不管在哪裡幹活，

在哪裡生活，

保持美麗都是一種自我修養的本分。

不只是讓自己看著心情愉悅，

一起工作的村民們也能耳目一新，

瞧，

一個溫暖的笑容，

又或是一個害羞的偷瞄，

友情和愛情，

統統自動趕來聚集。
女孩可以飼養金魚，
也可以加固牧場，
廣袤的除了自由之外，
自由也會增加風險，
小心和謹慎，
總是沒錯的。
當然，
牧場有厭倦都市躲到鄉下尋找自由的故事，
自然也有更加溫馨的故事。
迷路的男孩，
誤打誤撞來到了牧場，
在牧場主人的幫助下，
男孩順利和他的父母團聚。
這樣特別的緣分，
像是一道隱形的彩虹橋，
將他們連接在一起。
在主人熱情的邀請下，
男孩一家在牧場玩上幾天，
綠油油的草地，
快樂奔放的牛羊，
都在男孩的心裡種下了一顆待發芽的種子。
男孩離開牧場後和牧場主人保持著聯繫，
直到有一天，
男孩遲遲沒有收到牧場主人的來信，
便擔心地來到牧場拜訪。

結果得到了牧場主人去世的消息。

鎮長過來給男孩帶來了牧場主人的遺囑，

牧場主人希望把這個牧場交給有心人打理。

男孩決定接下這個牧場，

讓他在天上能夠安心。

牧場就像一個巨大的溫暖的收容所，

彙聚著每個人不同的故事。

每個故事，都在牧場裡變成美好，

只要你願意靜下心來，

將美好慢慢培養，

慢慢養成。

花朵開起，

你一定會看到不同的，

只屬於你自己的顏色。

來，太陽升起了，

親自動手幹活吧！

《拯救人心》

有些花朝開夕落，

有些花可立在冬日裂雪。

有些人站於金字塔頂端俯瞰這個世界，

有些人朝不保夕隨時會死在陰暗角落。

這個世界如此，

有很多的不同，

很多的不公。

你看到了，

你便在心裡落下了對這個世界的疑問。

充耳不聞是你的選擇，

伸張正義也是你的選擇。

你的選擇有時候就充滿了不公平的挑釁。

我還是希望你是一個有能力的人，

為弱者發聲，

為正義發聲。

需要求助的人眼睛裡都充滿了哀傷和絕望，

那種眼神是脆弱而破碎的，

若你有機會幫助，

請答應我，

一定要這樣做好嗎？

為其辯護，

以一個旁觀者的角度，

更加冷靜地分析弱者的出路。

勇敢地跟檢察官辯論，

追問和質疑嫌疑人和證人，

抱著為委託人迎來正義判決的目的，

動用智慧和嘴巴。

在這個小小法庭之上，

每個人都有自己的目的和需要維護的利益，

謊言和真相往往是一念之間，

一詞之下。

稍加不注意，

一個不留神，

偽裝的狡黠就會從你眼皮底下逃脫！

你不僅需要擁有三寸不爛之舌，

還需要有敏捷的腦袋，

跳躍的思維，

一雙洞察力十足的眼睛！

即便眾口鑠金，

即便證據確鑿，

即便你覺得已經沒有辯護的空間，

你還是要有一個信念，

你的當事人是無辜的信念！

這樣，

你才能為自己，

為當事人的命運逆轉！

蘋果為什麼會好好地出現在連一瓶水都沒有的房間？

所謂的照片證據，

怎麼會有時間篡改的痕跡？

聽起來很合理的證詞，

就是因為太過合理了，

所以才顯得那麼不合理呢。

對，

重逢時第一句的問題，

為什麼和正常人的邏輯不一樣？

你背負著委託人的希望的同時，

其實也在背負著你自己的希望。

你希望和兒時的舊友重新相見，

你希望你站的足夠高，

閃閃發光。

這樣對方就能更快地找到你了。

即便你手握法律，

你幾乎不用成為弱者，

可是你還是被人陷害，

失去了閃光的資格，

如果不是收留了一位落魄的鋼琴家，

完成復仇，

你或許無法從泥沼中重新出來。

所以，

你也是一個有故事的人。

你更懂得委託人的心。

你見過人性最可惡的地方，

你也見過人性的閃光，

你想像不到一個 78 歲的老太太會說謊，

你也想像不到一個妙齡少女的勇氣有多大，

你想像不到一個拿孩子當工具的惡毒母親，

你也想像不到一個男人的自私小氣。

你面對形形色色的人，

你要從中學會更安靜地聆聽真實。

是的，

你在拯救人心的過程中，

不斷地自我學習，

自我進步，

自我救贖。

逆轉的，

除了委託人灰暗的人生，

還有你不斷崩塌的信念。

當你看到勝利最終屬於自己，

委託人眼裡的絕望被你親自拯救，

那一刻，

你品嘗到的幸福。

是整個世界都無法承載的。

想試試嗎？

隨時可以。

《驕傲的延續》

漆黑的蒼穹下，
一道亮紅色的光劃過，
那是什麼，
你有沒有過一絲絲的好奇？
我告訴你，
那是神的召喚。
他在告訴你，
你生命的來源，
你所在的文明，
都嶄新到還不如他一次的呼吸。
在遙遠的太古時代，
以神為中心的地方，
權力最初聚攏的時段，
激烈的爭奪導致怨念橫生，
使得邪神掌握了最終的勝利。
在龍出現以前，
整個世界都陷入無盡的深淵中，
不得光明，
不得脫離。
未知的荒蕪大地，
不知道沉浮了多久，
才贏來了龍的出現。
龍和邪神展開殊死搏鬥，

將邪神封印在地底最深處。

自此，

開啟龍的傳說。

象徵著最強最厲害的一方。

作為龍的傳人，

無不驕傲。

無不扛起肩上的責任。

所以直到如今，

這些痕跡都不被察覺，

他們依舊在延續著自己的榮耀。

他們住在深山一個村落裡，

默默守護著龍劍——

這把當年嗜血邪神，

打敗邪惡的寶劍。

不能丟失，

不能被外人所利用，

否則那巨大的威力得到褻瀆，

會帶來不可預估的後果。

而在村落深處的一個秘密閣樓裡，

放著一尊邪神像，

靠著它封印住邪神，

是個不吉又必須的存在。

時光的安寧裡，

它就像一記定時炸彈，

不知道什麼時候就會被觸動，

炸了安寧。

當年邪神的四大手下，

一直都未消停過，

他們破解了永恆之眠，

還掌握了封印之鍵。

邪神像這顆炸彈，隨時會被開啟！

搖搖欲墜的安寧，

終將不是安寧，

在裂縫變大之前，

它就已經宣告了危險。

有一天邪神像被偷走，

地底的邪惡上揚得意的嘴角……

於是，

龍的守護不再是一句嘴上的承諾！

代號為隼，

口號是贏！

二代敵兵，

可自由抱團，

也可以分開攻擊，

他們不僅有個人就死主義，

也有團隊作戰意識，

他們的目標就是要讓保護者死！

哪怕只剩下一條腿趴在地上苟延殘喘，

他仍然可以近距離拿出炸彈和隼同歸於盡！

東京摩天樓作為起點，

會經歷熟悉的過去場景龍之城，

斬殺敵人，

英雄救美，

還不忘撿走寶箱，

隼得到神命珠後，

就可以和邪忍王正面對剛。

記住，

飛燕可以防禦，

旋風可以躲避，

而亢龍斬才是最後的目的！

穿過雷鳴之魔都，

和邪神手下的魅惑女神進行交戰，

隼的守護之戰一直在路上，

沒有結束，

也不會結束。

弱點在尾巴的水龍，

狼王馳騁的狼人之城，

有些難纏的狼王會讓隼受點傷，

不太好對付的大刺蝟……

暗紅色的光，

劈斬而下，

每一次揮舞的，

都是隼一次又一次輸出不完的勇氣！

繼續耀眼吧，忍者。

驕傲的延續，

就是這一次次的攻無不克，戰無不勝！

《夢境》

一根香煙的星火，

若隱若現，

如星星的眼睛。

抽香煙的人抽著一段過去，

一段經歷。

勾起人的好奇心，

簡直是輕而易舉的事情。

當眼角的淚水放大和清澈，

會看到什麼呢？

嗯……

這是一個美麗的小島，

島被海水包圍，

蔚藍色的藍面和藍天，

連接在一起，

分辨不清到底哪裡是分界線。

海浪打著節拍，

海螺時而探出白色的沙子，

時而又縮回腦袋。

一個叫林克的小子，

完成他的使命後，

來了一趟出海修行。

乘船折返的時候遇到了風暴，

被上天帶到了這裡，

村民告訴他，

如果想要離開這裡，

必須去到八個迷宮拿到八樣樂器，

吹響蘇醒之歌，

讓風之魚醒來。

如此艱巨的任務，

因為在一個可愛的女孩的幫助下，

變得容易不少。

最後齊聚的八件樂器，

在塔頂的巨端，

打敗了夢魘加農，

吹響了奏歌，

叫醒了風之魚。

林克這才發現，

原來這裡的一切，

包括美麗的小島，

都是風之魚的夢！

如果夢醒來，

小島上的一切就都會消失！

島上的怪物拼了命地阻攔他，

甚至偽裝成加農，

不過就是為了保護他們的生存環境，

不被破壞！

可這一切，

都來不及了。

居民，

村民，

玩球的小孩子們，

還有那個可愛的女孩，

都將慢慢地消失。

林克回到了船遇難的時候，

附在浮木上看著天空，

看著女孩化成海上的白鷗，

飛向各地去歌唱。

歌聲嫋嫋，

唱著不曾發生、

又明明發生過的一切。

如果你感到悲傷，

或許你睡一覺，

就會連這場悲傷也忘了。

說不定，

我們本身也就是夢境裡的一員。

承認虛幻，

是一種自我療癒的方式。

如此，

晚安。

做個好夢。

《血色震撼》

都說，

人生不能錯過三國。

三國不僅是一本過去的歷史，

還是未來的參考。

每一次打開，

都是打開新的篇章。

每一次闔上，

都會是新的感悟。

是的，

英雄在字裡行間裡鮮活，

在故事裡不斷刷新著他們的生命值。

告訴著每一個好奇的窺探者，

他們永遠不會死。

英雄存在的意義，

就是在汲汲營營的萬千人生中，

進行照亮。

只要看著他們，

你就有了和生活抗爭到底的勇氣。

一夫當關萬夫莫敵的趙雲，

重情重義武藝高強的關羽，

不怒自威擅長斷後的張飛，

出謀劃策足智多謀的司馬懿，

人中呂布，馬中赤兔的呂先鋒……

當你選擇其中一位，

來做你的靈魂寄存時，

你就要完全沉浸在他的世界裡，

忘掉自己，

當你拿起他的招牌武器，

那冰冷而堅硬的溫度，

穿過你的手心，

感同身受當前要面對的千軍萬馬，

你幾乎能聽到和他同步的心跳聲。

當下，

你的腦子裡不會有別的想法，

你只有一個念頭，

那就是廝殺！

浩瀚的蒼穹下，

敵軍多如牛毛。

他們踏著對勝利的欲望，

對殺戮的興奮，

他們朝你衝了過來！

在這裡，只有一個規則。

你死我活的規則。

你必須快速地消滅大量的敵人。

你的擊破數在以百計千地飆升。

——

雙方的士兵和武將都只有一個方向，

那就是前進。

他們只有一個信念，

那就是打贏勝仗！

個性鮮明的一張張臉，

是一幕幕英雄交錯的史詩。

宏大，沾染著血色的畫面，

是驚鴻一瞥下永生難忘的震撼。

戰國無雙，

一代猛將。

你必須承認，

自尊心有時就是虛榮心，

而虛榮心有時候就是書寫歷史的驕傲。

準備好了嗎？

在這充滿無限可能的時空裡，

留下專屬於你的，

濃墨重彩的一筆。

書寫字體加粗的奇蹟。

《暗黑中的前行》

遠古時期開始，
人類就有販賣的意識。
販賣食物，
販賣動物，
甚至是販賣彼此的人生，
一直到現在，
販賣所謂的夢想和焦慮。
人類除了定義自身的意義之外，
還會去定義目光所及的東西。
當別人入侵我們的家園，
除了反擊之外，
又不僅僅限於反擊。
用報復的手段來宣洩自己的不滿，
往往就是另一份故事的開始。
當你加入到團隊當中，
身邊的隊員都是燃燒的熱血，
他們一個個拿著重型機槍，
一個個都是戰爭販子，
在他們的眼睛裡閃耀的光芒，
是關於掠奪和進攻的。
在他們的嘴巴裡的口水，
是關於輕佻的插科打諢的。
於是，

你也不會變得多嚴肅。

該緊張的時候緊張，

該放鬆的時候放鬆。

你和你的隊員進入到巨大的工廠，

會發現對方坐在最強武器上，

肆意發笑地等著你們來送死。

這時候，

你們的勇氣或會成為活著時的傷疤，

或會成為你們死後的勳章。

你和個人敵方的交手，

你團隊和敵方團隊的交手，

無論是個人還是團隊，

目標很是明確，

那就是保護自己的標的物，

進攻對方的標的物！

而戰旗的部分搶得越多，

就像天邊的星辰，

領地也就越多，

陰冷的空氣，

頹廢的荒蕪，

黑暗的前方，

像極了探索的故意，

我們都是星球上渺小的灰塵，

中彈後的鮮紅才能證明曾經存在過的痕跡，

戰場上的劣跡斑斑，

殘垣敗瓦抬眸往上，

彷彿還能看到槍口殘留的硝煙，
如果有幸死裡逃生，
和你的同伴開著雙人駕機，
穿過槍林彈雨，
燃燒最後的生命，
看到導彈射裂擋風玻璃的龜痕，
你的第一反應絕對不是害怕，
而是興奮！
因為第一反應，
一定會是驕傲自己的英勇！
你是自己的英雄！
你可以開創屬於自己的光輝！
當你進入敵軍的戰營，
需要從內部攻破，
處處都是陷阱，
四周皆是伏兵。
多用用你的謹慎，
少一些激進的時刻，
加頭腦的勇敢，
充滿著智慧的閃光。
加油，
你可以在這個星球，
無往不利！

《快樂至上》

天哪，

看那邊！

青春無敵的面孔，

隨著汗水一起飛揚的頭髮，

曼妙窈窕的身材，

各式各樣的泳裝款式，

穿在她們身上各有風采，

充滿活力的小麥膚色，

凹凸有致的性感，

還有原地起跳時彎曲的修長小腿……

看到了嗎？

人間芳菲都在那兒聚集著！

僅僅只是看著，

就是極致享受。

如果走過去，

加入進去，

那會是怎樣的享受呢？

噓——

別輕易想像，

你想像不到的。

她們衝你一笑，

就是必然定格的春天。

和她們一起加入到這場健康的運動中去吧，

陽光下，

排球經由她們的手腕，跳到你的懷裡，

帶著嬌嗔的笑罵，

她們和你活潑的互動，

你對她們純粹的欣賞，

無須更進一步，

就可以共情快樂！

酷熱夏日，

磨人高溫，

風情小島，

是她們的存在，

讓這一切變得不再只有燥熱不安。

你只需要輕鬆地享受，

只需要把注意力集中在快樂上。

哦，對了，

如果需要問保存快樂的方式，

記得抓拍和她們的快樂瞬間。

隨時記錄，

隨時翻看。

海上摩托車，

是激情四射的衝浪，

水上頂人比賽，

是你和美女們近距離接觸的好時光，

沙灘搶旗，

你可以展示你的紳士風度，

哦，對了，

你也可以在晚霞初上水波的時候，

邀一個你心儀的女孩，

和你並肩散步，

看遠方談未來，

只要你不把目的當成結果，

享受每一分每一秒的綺麗過程，

你一定能體會到這種特別的意義，

在緊湊的人生節奏裡，

找尋到一抹屬於你自己可以描繪的鬆弛，

在當下，

沒有人拿社會的眼光來定義你的成敗，

也不會有人罵你不務正業，

你就是你，

快樂的你，

和她們在一起時最真實的你～

《哲學的想像》

有沒有人問過你這樣一個哲學的問題——

你是誰？

你想成為怎樣的人？

這樣的回答，

一般來說就是我是加一個名字，

我想成為優秀的人。

名字是父母賦予你的，

優秀是社會賦予你的。

那麼摒棄掉這些，

你覺得你是誰？

從你懂事開始，

有記憶開始，

你的人生是從一個孩子開始的。

那是一張純白無暇的紙，

若原生家庭是幸福的，

那你便是幸福的；

若原生家庭是不幸的，

那你就很難幸福。

可這一切，

說白了，

都掌握在你自己的手裡。

如果你想要逆天改命，

只要你能力允許，

你也可以做到給予自己完全不同的人生。

這就是人定勝天的魔力。

當你和你的姐姐相依為命，

在雪夜裡穿行，

命運的音樂盒開啟，

你們的命運之書便由自己書寫。

你並不是定義好的惡魔，

或者是英雄。

在復仇的主線下，

你是自由的你，

你可以選擇自己的道路，

完成自己的目標，

不必被人強加任何東西，

而你的任何選擇都會真真切切地反映在你的人生中。

這才是最好的設定，

最有意義的設定，

不是嗎？

你的一言一行，

可以造成社會對你的評價；

而不是社會先對你的刻板印象。

你不必偽善，

也不必故作堅強。

你可以選擇成為一個人人敬仰的善人，

也可以選擇成為一個人人害怕的惡魔，

無論是崇拜或是恐懼；

商家都會給你打折，

給予優惠。

只看你喜歡別人看你的眼神是哪一種。

這無形中折射著你的價值觀。

你長大了，

結婚生子，

買房租屋，

打工賺錢，

你需要維持人一般來說該維持的生活，

你和每一個人的互動，

都能讓對方產生不同的看法和表現。

你是要住小小茅屋，

還是豪華別墅，

就取決於你的努力。

你是要做一個普通農夫，

還是經商大鱷，

就取決於你的生活目標。

你可以調快人生進度，讓財富提前來到；

也可以讓當下的時光暫時停住，

只欣賞住處旁的高山流水。

當然，傻瓜才會改變進度呢，

知道這種嘗試的真諦在哪兒嗎？

就在於慢慢地進行，充分的享受。

人生這份神奇的魔法，

怎麼會是三言兩語就可以學習到的技能呢？

它給了你無窮想像的平臺，

而始終不曾偷走不變的真理——

人生有千百種可能，卻只能一種嘗試。

《莽夫》

喜歡在生活裡冒險的莽夫，

不按常理出牌，

不作人生標榜的榜樣，

不喜歡平靜，

拒絕平庸。

你是這樣的人嗎？

如果你是，

你一定認識他。

一個和瑪麗兄弟有些過節，

但算不上十惡不赦的人。

我想親切地稱呼他為莽夫。

當別人都在歌功頌德英雄，

用華麗的詞藻來描述天使，

只有我覺得有一點人性本惡的莽夫，

才是最真實的可愛嗎？

有一點貪財，

大底線前善良，

這樣才像真實的活在身邊的人，

而不是虛構出來的。

傳說中的黃金金字塔裡有一筆寶藏，

成功吸引了莽夫的心。

他闖入其中，

自然也掉入了為貪財者構造的無數陷阱和設計中去。

無數的敵人，

重重包圍，

不僅要有熟練的技巧，

還要有突破難關的本事。

不過莽夫之所以稱為莽夫，

就是因為性格使然。

他容易橫衝直撞，

容易不耐煩。

但這沒關係，

一般的橫衝直撞也會造成意外的驚喜，

莽夫龐大的身軀加上暴躁的性格，

撞破一層層厚實的牆壁，

撞破房間，

撞著撞著就會發現這是貼身為其打造的進取方式。

當然了，

這只能是普通的進入。

無法憑藉這樣的莽夫行為突破其他的陷阱。

莽夫也是需要升級的。

他要擁有變身的能力。

譬如在大花園裡不小心被黃蜂刺到了，

莽夫就會像氣球一樣腫脹起來，

躍躍欲試地起飛。

又譬如不小心被火燒到，

那莽夫自身就會變成大的火球。

善用這樣的變身，

就會儲蓄不同的能力，

把一些強化的牆壁給打破！

是不是很酷？

而這樣酷酷的技能，

是會傷害到自身的。

就像你想要成為金字塔頂端的人，

你付出的努力多少會反噬到自己。

這便是吃得苦中苦，

方為人上人的道理了。

所以，

不是萬不得已莽夫最好也不要太莽了。

吃下猴子投擲的果子會變胖，

跳動起來會抖三抖；

被針狀物刺到會變成懸浮往上的充氣娃娃，

碰到障礙物了才會掉落地面恢復原狀；

碰到蝙蝠就會變成蝙蝠；

被槌子槌到變成彈簧；

被鬼扔出的線球打到，

化身僵屍；

被重物壓到可以穿過縫隙的紙張；

被掉落的雪球砸成雪堆；

在水中不小心和氣泡相遇，

就成為了氣泡；

被雪巫婆的冰氣吹到凍結成冰。

太多了，

莽夫可愛的變身形式。

一切為了拿到寶藏。

莽夫樂此不疲！
別人是闖過三關，
即為勝利。
他要闖過七關才能看到曙光。
可見，
寶藏不好取，
莽夫不好當。
生活的未來，
不好容易想像。
只能拼盡全力，
還要再外加一些智慧和本領。
這樣才能持續微笑，
莽出一片天地來～
你看，
莽夫行為還在繼續中！

《平行的閃耀》

人類已經那麼強大，

可以掌控很多事，

卻掌控不了時光。

因為時光的神力，

就在於上一秒不知道下一秒會發生什麼，

而一秒之間，

有一萬種可能。

就像人類的夢境，

變形、扭曲，

轉移，移接……

誰又知道誰的開始是在哪裡，

誰又知道誰的結束在何處。

看——

一個名為啟程之地的地方，

師徒三人圍著篝火，

興致勃勃地在討論明天的鍵刃大師的考試，

篝火照映著他們臉上的笑容，

他們並不知道不過是平常的夜晚，

等待著平常的明天，

就此經歷上漫長的分別。

這是一個平行的宇宙，

出現在篝火邊的人也會出現在別的地方。

比如其中的索拉，

在另一個地方是個孩子，

和她的小夥伴一起出船看海，

在出海的前一天，

黑暗之門悄然打開，

席捲了小島還吹散了他們。

當第二天索拉睜開眼睛，

出現在了輪迴之鎮。

和國王命令尋找鍵刃使的唐老鴨和高飛相遇了。

他們有各自要尋找的人和物，

結伴而行，

共同冒險。

很快地，

索拉碰到了一個神秘的黑袍人，

在他的帶領下，

他們來到了一個叫忘卻之城的地方。

忘卻之城，

顧名思義，

是忘掉記憶的地方。

黑袍人告訴他們，

這裡有他們需要尋找的東西，

但是代價就是要拿他們的記憶來換。

越往上走，

遺忘的東西就越多。

這就是他們的代價。

忘記是一件可怕的事情嗎？

或許是吧！

但是當事人忘記了自己忘記這件事，

也就不那麼可怕了。

為了尋找到自己的朋友，

為了找到鍵刃使，

索拉他們都決定一往無前，

一探究竟。

與此同時，

和索拉有著密切關係的少年，

也在發生著自己的故事。

暫且稱為洛吧！

這位洛少年出生的時候被帶到機關結識的兩個好朋友，

三個人最開心的事情，

就是空閒的時候去到黃昏鎮的鐘樓上，

一起吃海岩冰，

一起開心地聊天。

然而開心的事情，

總是短暫的。

就像一個魔咒，

是老天特意許下的標誌性玩笑。

洛少年的朋友也消失了。

——在索拉、唐老鴨、高飛三個人，

在純白的房間裡蘇醒過來時，

他們遇到了新的敵人，

那就是把洛少年帶到機關裡的組織，

十三機關。

由此，

冒險的高潮終於到來，

分裂的平行時空，

終於交織成一個點。

原來這一切的一切，

其實是一份考試內容。

考試的內容就是把沉睡的世界和封閉的世界，

連接起來。

通過考試，

才能成為鍵刃大師。

於是，

夢降深處，

決戰歸來。

索拉等人為了找回覺醒的力量，

前往其他的世界。

新的旅途開始，

新的冒險也即將開始。

新的閃耀之光，

也如星辰倒影在大海。

《怪物》

人生短短數十載，

細數過會遇到多少人嗎？

你會為了誰拼過命嗎？

你知道為了一個人，

與世界為敵的那種感覺嗎？

我說這些，

不是要聽你的答案。

我說這些，

是因為我是由衷的感慨，

如果真有這樣一個人，

這樣一段情，

該是多麼幸福的事。

哪怕悲壯，

但也幸福。

這樣一個幸福的人，

他的名字是旺達。

為了讓一個女孩復活，

他不惜偷走部落的神器，

來到被封印的禁忌之地。

在神殿中，

和未知的神靈達成交易，

如果旺達能幫他毀滅封印住他靈魂的十六個巨像，

他就幫旺達復活女孩。

這樣的交易，

本身就充滿了難以想像的代價。

可是旺達不在乎這些。

一個凡人來到這樣的神殿，

勇氣已經超乎了原本的極限。

想要救活女孩的信念，

支撐著旺達獨自一人，

背著寶劍，

騎著白馬，

帶著一壺弓箭，

開始了不可思議的毀滅巨像之旅。

巨像之所以叫巨像，

除了幾個勉強如野獸般大小，

其他的都像巍峨大山，

動起來那叫一個山崩地裂！

普通人旺達在他們面前，

就像是卑微螻蟻，

螻蟻何足能撼動大山？

但是旺達硬是憑藉自己手裡的寶劍，

一座座巨像攀爬而上，

尋找它們的弱點，

讓不可能變成可能，

讓一座座巨像轟然倒塌。

每一座巨像倒塌而下，

被封印的靈魂就會附著到旺達的身上。

那是會侵蝕旺達的皮膚的。

當精疲力盡的旺達被神力送回神殿時，
族長帶著士兵已經趕了過來，
為了追討他手裡被偷的寶劍！
這個時候，集結了十六片靈魂的旺達，
開始變得不一樣了。
他的頭上長出了角。
為了復活女孩，
他的代價就是讓自己變成了怪物。
他已經無法歸還手裡偷來的寶劍，
他也回不到過去的旺達！
為了重要的人，
你到底可以付出怎樣的代價，
做到什麼程度？
最終，
惡魔還是被族長他們阻止復活了。
女孩雖然得救，
但也轉世成為了嬰兒。
旺達被利用了，
這是一場悲劇。
可是身為旺達，
誰都不知道他是不是後悔這樣做。
就算巨像是善良的，
神靈是邪惡的。
但那又如何？
為了復活女孩，
他什麼都可以不在乎。

如果你是旺達，
你也會不在乎的。
因為你在乎的，
便是心裡的那道尺規。
和世俗無關。
和周圍人的評價都無關。
若我是旺達，
我只希望心愛的人安好。
這樣就夠了。
這就是愛。

《讚歌》

時間這條狗，

不知道要溜我們到哪個時候，

我們從來不是老手，

在它的面前只能點頭，

或是悲傷，

或是歡喜，

或是生命的盡頭～

還沒死，

就是你丫還沒受夠！

你看到了嗎？

人們的虛偽，

所謂的情誼，

都是狗屁！

都是人和人之間敷衍的虛情假意！

人生之所以和操蛋掛鉤，

就是因為無法完全由自己掌控。

你聽過卡爾這個名字嗎？

他才和這個世界叫囂，

叫囂：

你丫的在發騷，

你也不要拉我給你陪葬！

有一天哥哥叫他回家，

是給突然被槍殺的母親奔喪。

噩耗像個炸彈，
炸懵了一切原本的模樣。
卡爾無法想像，
這前因後果是怎樣。
他想回家，
以最快的速度回家！
匆忙搭飛，
卻在機場受到阻礙。
一個壞員警的出現，
帶著過去的過節回來，
他用他那骯髒的笑容，
流氓的姿態，
還有那身上皺褶的制服，
在為難他的心急如焚。
卡爾想給他一個拳頭，
始終沒有動手，
不是畏懼那副手銬，
而是不想失去自由而戴上腳鐐。
民不與官鬥，
不然找罪受。
到頭來，
還是捲入一場謀殺案中…
可是那又怎樣的說？
他想見母親，
強烈的心情，
奮力往前進，

衝破一切的阻礙和命定！
卡爾回到了自己的家鄉，
卻不是從前的模樣，
沒有了過去的風光，
也沒有了曾經的名堂。
之前幫派裡的勢力，
微小的幾乎忽略不計，
那些老成員的回憶，
也不過只是回憶～
時間過去了就是過去了，
英雄也會變成狗熊，
皇帝也會變成乞丐。
當初為了弟弟的死，
卡爾去到另一個地方躲避，
避一避風頭，
一晃，人生也避開了大頭。
黃昏的夕陽變成了哀歌，
堅固的城堡成了雞蛋殼。
不，不，
這不是卡爾能接受的！
他才不管今時不同往日這樣的屁話，
他才不做縮頭烏龜，
他要打爆命運的頭！
他要朝命運的屁股狠狠踹去！
他要重新奪回自己的榮耀！
不支持自己的，

統統都死！
背叛自己的，
更得死！
見神殺神，
見佛殺佛，
哪怕最後沒有奇蹟，
兄弟被捕，
流放到鄉下，
英雄也不會氣短！
落魄也不過是即將吟唱的讚歌裡的一段。
韜光養晦，
重拾舊山河，
吃東西來充實體型，
用武器來武裝，
打籃球怒甩紅色的頭髮，
和美女談戀愛拍她的小蠻腰和大腿，
調劑調劑有顏色的心跳，
做做賭場大亨，
開開勞斯萊斯把歌哼，
披上員警的制服，
開著警車，
對路上的美女吹吹口哨。
酒吧裡的燈紅酒綠，
晃暈你意亂情迷的眼神。
學會開槍，
為以後做準備。

兄弟出獄，

捲土重來！

贏回失去的一切！

殺掉該殺的叛徒。

爛員警的命留得太長，

是你太善良。

讓昔日的落寞成為當地最大的幫派。

做自己的主吧，

讓當初黃昏的哀歌變成讚歌。

喲，

是最強大的硬核！

《想像之外》

天地之間，
你所觸及的空氣和風景，
就是宇宙的盡頭了嗎？
你所知道的世界，
就是世界最真實的樣子了嗎？
人定勝天的成語，
把人放在了天上之上，
彷彿神一般的存在。
但，
你見過神嗎？
你見過鬼嗎？
你見過神鬼之外，
其他的存在嗎？
如果我說，
我們伸手可及的地方有一層結界，
結界之外的世界，
充滿光怪陸離，
想像之外。
你可想像得到嗎？
天地之間的巫術力量，
以結界來成全平安。
從此，所有災禍都被隔絕。
我們的快樂，

沒有後顧之憂。
我們的悲傷浮於表面。
我們一位沉醉於榮華，
埋沒在安寧裡。
我們膚淺地認為，
未來就如現在這樣，
沒有節外生枝的意外。
殊不知，
有一天，
結界是會被打破的，
就像虛幻終究是泡沫。
這一天，
像地獄大門緩緩拉開，
災禍如洪水奔流。
曾經繁華的都城，
變成了斷壁殘垣。
人們可以遷移，
建築卻是紮根在土地之上的堅守，
被拋棄的命運，
只能沉到大地底下，
慢慢積累淤塞的氣息。
嗅到不安分的妖魔鬼怪，
知道自己的時代到了。
他們跋扈而起，
他們日益崛起。
滅妖的任務，

就需要出現英雄來承擔了。

一個少年陰陽師，

就這樣進入大眾慌亂的視野，

魑魅魍魎的數量眾多。

正邪對立，

看似懸殊，

卻多了幾分希望。

生死大戰，

巫術灌入正義，

就變得正義。

青龍、

白虎、

玄武、

朱雀。

靈符做起，

進入系統！

威力的大小，

由你的天賦和勇氣來決定。

百鬼叢書裡，

不僅有妖怪的資料，

也有你的軟肋所在。

所謂知己知彼，

方能百戰百勝。

他們每一個猙獰的背後，

邪惡的源頭，

都藏著一個個傳奇的故事。

百鬼討伐，

你勝了，

便讓邪惡臣服。

你敗了，

也是正義的暫緩而至。

陰陽師以自己的罪孽做救贖，

發誓滅掉妖鬼為終生誓言。

他的征途就在你的想像之外，

無法輕易用言語描述，

他只能告訴你，

這個世界什麼都有可能，

也什麼都存在著。

不信，

你回頭看看。

《謊言的地獄》

立於天地之間的許多人，
上撐於天，
下著於地，
集了巨大的能量，
我們如此龐大。
然而一個我，
一個人，
這力量是渺小的。
不能承載內心的欲望和渴望。
而欲望和渴望是會無限膨脹的。
不可能因為現實的阻礙，
而輕易放棄的。
於是，
凝聚力量，
盡可能一切的凝聚力量。
比如，
起初只是五十個人的軍隊，
來滿足欲望的初始。
不過沒關係，
一旦開始了，
未來只會發展的更好。
當然，
不是每個人都能做到把奢望臣服於現實，

有的人失敗，

也有的人能成功。

而能把未來發展的更好的，

便是天賦者了。

受到戰爭之神的保佑，

憑藉自己過人的能力，

軍隊所向披靡，

把榮耀擴散到世界的同時，

軍隊的規模也在逐步擴展。

天賦者深受愛戴，

頭上逐漸形成光芒。

直到有一天，

榮耀被挫折，

對方是一支來自東方的蠻人部落。

他們靠數量取勝，

無所謂戰術，安排，

靠著蠻橫的殺戮，

哪怕誤傷友軍也在所不惜，

讓天賦者的軍隊慘敗。

天賦者苦戰，

可惜無法就地逆襲。

不只是軍隊的全軍覆沒，

他自己也沒能逃出。

眼看著就要被蠻人之王用錘子決判，

他向戰爭之神發出了絕望的誓言——

只要神能助他轉敗為勝，

殺了蠻人，

他將獻上自己的靈魂，

成為對方的傀儡。

或許是天賦者的真誠，

感動了神，

亦或許是天賦者本來就在神的考慮之內。

總之，

誓言衝破喉嚨的那一刻，

神來了。

神應了天賦者的希望，

替他解決了蠻人，

帶走天賦者回到自己的神殿。

用地鐵火鑄做了雙刃送給天賦者，

天賦者的靈魂和神鏈相連接，

自此，

他徹底成為了戰爭之神的傀儡，

沒有了自己的意識。

只是戰爭之神的一把刀。

神指引的方向，

就是他的方向。

當天賦者重返戰場之時，

寫著王者歸來，

也寫著過去已死，

如今重生的，

只是一副沒有靈魂的軀殼而已。

蠻王不以為然，
正要漫不經心地掄起大錘，
天賦者什麼也沒做，
只是簡單的意識，
便讓蠻王人頭落地！
瞬間死亡的驚恐，
還在蠻王的臉上不可思議地定格著。
天賦者所帶領的軍隊，
以不可估量的傷亡，
和領袖付出靈魂的代價，
到底還是勝了。
沒有人在意這一場戰役，
是否為慘勝。
只要勝了，
便是一切。
戰勝的部隊，
繼續南征北伐，
開疆擴土，
被佔據的意識，
只會嗜血，
不會有人性。
哪怕是手無寸鐵的平民，
都會死在天賦者的雙刃之下。
他的肆無忌憚，
在做著過去所不齒的行為！
可這是他所不知的！

在又一次的殺戮掠奪中，
一座神殿前，
天賦者收到來自巫婆的警告，
讓他不要進去。
天賦者怎會輕易聽從？
他在神殿內發現了兩個平民，
在迷霧中看不清臉，
利刃而出，
迷霧散去
躺在血泊之中的不是別人，
而是他的妻女。
一看就是精心佈局設下的詭計，
這個設計者也不是別人，
正是奪取了他靈魂的戰神！
為了把他培養成真正的殺人機器，
不允許他有任何人間牽掛。
只有讓他親自結束牽掛，
才會成為人間最完美的冷血戰士。
巫婆略施法術，
讓妻女的骨灰永遠附著於天賦者的身上，
從此他無法擺脫這痛苦的記憶。
為了忘記，
為了不再被折磨，
天賦者決定和戰神決裂，
割除血的誓言！

戰神不可靠，

那就轉投向其他人，

天賦者為他們服役，

來換取割捨痛苦記憶的可能。

戰爭，

殺伐，

美酒，

女人，

這個世上一切可以麻醉人心的麻醉品，

都無法讓天賦者真正獲得解脫。

一次，

九頭蛇怪肆虐愛琴海，

已經化為神僕的天賦者被指派到這裡，

解救苦不堪言的百姓。

而天賦者冷漠地面對一個船長求助，

沒有搭救，

任其喪生。

沒有人知道，

天賦者的忍耐已經到了極限，

他去質問雅典娜女神，

何時才能得到回報。

何時才能被洗清殺戮家人的罪孽！

女神說，

要想擺脫夢魘，

還要再完成一次任務，

那就是擊敗妄想統治宙斯的戰神。

宙斯有戒律，

聖戰之後諸神不能發動戰爭。

於是，

兜兜轉轉，

從哪裡摔倒，

就必然要從哪裡爬起來。

當初帶給他痛苦根源的人，

必然也要由他親自結束。

凡人弒神，

多麼可笑？

可天賦者欣然同意了，

更何況他也沒有別的選擇。

神廟所告，

潘朵拉魔盒的魔力，

是制勝關鍵。

天賦者決定無論如何都要打敗戰神。

他踏上了失魂沙漠的中心。

在這裡，天賦者遇到了前一代統治者。

這裡滿是他在聖戰中所帶的戰敗部隊，

他包括他的士兵都被兒子放逐在此，

失去魂魄的他，

背著一座巨大的潘朵拉山，

每天行屍走肉地在沙漠裡爬行，

盒子就在山上。

天賦者經過重重考驗，

終於得到了具有魔力的潘朵拉盒子，

而就在這時，

戰神也得到了消息，

他怎麼能允許這樣的事情發生？

用神力投擲出一根木樁，

刺殺天賦者。

由禿鷹銜著盒子帶回。

跌落至地獄的天賦者，

遇到了當初自己見死不救的船長，

再一次利用他，

回到了地面，

由一個掘墓老人所救，

送回城中。

天賦者偷回盒子，

擁有神力，

終於可以和戰神一戰。

凡人和天神的對抗，

開始了。

起初處於上風的天賦者，

很快就被天神戳中軟肋——

略施法術，讓他跌入擁有妻女的異空間裡。

殺人誅心！

還無恥地把曾經贈予的雙刃收回，

親自刺向他的妻女。

天賦者看著悲劇再次上演，

心理防線瞬間崩潰……

就在這時，

眾神降臨！

收到祝福的天賦者，

用長劍替代了雙刃，

一路逆襲，

終於刺穿戰神的胸膛，

讓其化成了一團火焰，

完成了神旨任務。

這一切，

天賦者走來的極其不易，

他只希望能刪除掉自己殺死妻女的記憶，

可惜，

眾神的回答是，

可以幫他消除罪惡感，

而無法改變他殺死妻女的事實。

凡人的心碎了，

便是走到了生命的盡頭。

天賦者再也無法承受地墜崖而下尋求解脫。

女神在千鈞一髮之際，

將他救下，

告訴他想由他繼任空缺的戰神一位。

脫俗升天，

或許是他最好的解脫方式。

由此，

新一任戰神誕生。

把過去化為歷史，

把未來化為奇蹟。

這便是你可以俯視到的主要脈絡。

或許，從一開始，

天賦者就不是單純的凡人，

他有著窺探天神命運的能力。

手拿混沌之刃，

所向披靡，

宙斯的憤怒、

美杜莎的凝視，

波塞冬的怒氣，

冥王之隊，

他運用的很好。

憤怒之神的威力，

還讓他擁有了刀槍不入的暫時性，

以及增加攻擊傷害值。

看，

已經失去意識的天賦者為了天神的最後一個任務，

船隻的殘骸之中，

風雨交加，

天地一片漆黑中，

一波哈迪斯的小怪朝天賦者沖來。

天賦者一對一，

一對多，

手裡的黃色能量和紅色火光，

利用三角，

把小怪們掰碎，

高潮迭起！

披著一身血，

天賦者來到船艙內部面對九頭怪，

這場戰鬥，

隨著天賦者的方框連打，

優秀的防禦姿態，

九頭怪單一的攻擊方式，

天賦者時而躲閃，

時而進攻，

靠著有力的臂彎攀上船艙上方的橫條，

直直地落在九頭怪的腦袋上，

利刃擊下，

穿過滲水的木架，

乘勝追擊，

蓬勃的水聲，

激進的音樂，

你看到了嗎？

天賦者的背影，

也是你勇氣的加持！

漫天飛下來的蝙蝠，

阻止著天賦者殺海格拉的第二顆頭顱，

當鳥妖散盡，

天賦者的目標才會出現！

而突然出現的九頭怪，

渾身散發著銀綠色的光芒，

經過第一輪的失敗，

它的兇猛有過之而無不及！

一記甩尾，

兇惡的把天賦者吞進嘴裡！

唯有靠自己的力量撐開其鋒利的牙齒，

才能獲得一線生機！

站在它脖子下方的盲區，

天賦者只有快，

瘋狂地甩著手裡的混沌之刃，

不斷地攻擊它的脖子！

最後的致命一擊，

天賦者推開兩道門，

經過紅寶箱微小短暫的補給，

不肯停歇，

天賦者就要穩穩地穿過獨木橋，

在風雨交加和海水顛簸之中，

來到另一艘大船上。

他的臉，

始終是面無表情的，

他的身體，

彷彿不知道疲憊。

他被小怪刺傷，

被鳥怪咬傷，

被九頭怪的脖子重重地甩到船甲的另一邊，

都不知道疼痛。

是的，

面對飽受骷髏釘攻擊的船員們，

天賦者仍然無動於衷，

他跳上去，

用箱子作為阻擋，

一步步來到底下，

往上一跳，

將骷髏釘幹掉。

再爬上船帆。

一氣呵成。

一夫當關，

萬夫莫開。

儘量不讓敵人在他的下方，

讓速度更快！

你感覺到熱血的沸騰了嗎？

那是天賦者內心的吶喊！

高處不勝寒的搖搖欲墜中，

滑過鐵索，

天賦者越戰越勇。

見到垂垂老矣的海神，

對於他的殺人技藝十分滿意。

當然，這只是開始中的一部分，

隨著技藝的精進，

本身的升級，

當天賦者再度來襲，

他已經是圓月之下堅不可摧的一個力量所在。

輕攻擊，重攻擊，

憤怒的天賦者進化成新一代戰神，

他要向眾神討一個說法，

他團著被欺騙的怒火，

向他們開戰！

即便天神的拳頭一擊可以將他整個覆滅，

但他絲毫無懼地要讓他們看看，

屬於他的不可征服！

神欺騙凡人，

也是需要付出代價的！

眼角的傷痕，

眼底的血絲，

悲憤的絕望，

復仇有伊始，

有高潮，

也就會有終結。

隨著一隻飛鳥劃破天際，

衝向雲層，

奧林匹斯山，

亂石滾落，

大地之母帶著眾神於天庭出現，

進入戰鬥形態，

眾多骷髏兵將天賦者包圍，

天賦者抓住其中一個當做武器，

一眾碾壓。

岩石之神把天賦者扔入海裡，

怎奈如魚得水，

重置而來。

海馬之神的口水攻擊，

帶著瀑布般的力量，

鋒利的牙齒，和有力的水爪，

天賦者用更高的三角，

對它造成更強的傷害！

水與火的交織，

天賦者用魔法抵消掉海怪的凸起，

避開正面攻擊……

當海怪的下巴被擊中，

天賦者終於迎來山海之間的短暫平靜。

但是很快，

不平靜又開始了。

天賦者也能區分哪些是必要戰鬥，

哪些是無效戰鬥。

不浪費時間，

黑翅展開，

穿過一眾騷擾，

來到大殿之內，

阿越斯墓地，

見到的半人馬將軍，

之前隱沒的海怪，

重新出現！

天賦者的耐心已經沒有，

一定要讓它死！

迴圈幾個回合，

勝利終究是屬於憤怒的天賦者的！

打開海怪的胸腔，

用他的爪子來自取滅亡！

海怪誤傷的蓋亞之神，

也成了天賦者可以進入的寶地。

那是一個未知的探索空間。

在蓋亞的心臟中，

天賦者挪動一塊閃亮的岩石，

取得宙斯之鷹。

隨著一聲聲怒吼，

天賦者穿過阻擋的小怪們，

一路前行，

來到神腦之處，

迎來真正意義上的戰役。

這是一場體積懸殊，能量懸殊的瘋狂戰鬥。

不過話又說回來，

天賦者的披荊斬棘，

都是如此逆襲的，

已經見怪不怪。

手臂力量的攻擊，

拋出三叉戟的攻擊，

天賦者爬上山躲避便好，

爬上山頭，

用混沌之圈鎖住它，

這叫做智勇雙全。

擊碎胸口的石頭，

讓其露出軟肋。

天賦者不懂得什麼是疲憊，
什麼是畏懼。
幾番魔法下來，
天賦者把他的張牙舞爪一併拆卸！
腥風血雨，
由天賦者掌控了贏者的寧靜。

海怪化成一團濃水落入大海之中，
海水失去了秩序，
大地瞬間被淹沒。
人類家園岌岌可危。
奧林匹斯山的山頂，
天賦者見到了宙斯之王。
天賦者說，
作為宙斯之王，
不能再躲在雅典娜的身後。
讓他看看王者風範。
兩個憤怒的神和人，
正面相對。
宙斯之王用他的雷電魔法，
讓天賦者掉入了山下。
無窮無盡的高度，
像是地獄的血盆大口！
在憤怒的神面前，
憤怒的人，
幾乎很好地印證了以卵擊石這句話。

一聲慢慢消失的吶喊，
慢慢地，
天地彷彿要失去天賦者了。
他回顧過去的一生，
囚禁之苦，
痛失妻女，
痛苦不堪，
從奧林匹斯山一躍落入了冥河，
將天賦者的亡靈和魔法，
洗滌殆盡，
一鍵清零。
天賦者沒有天賦了，
沒有能力，
沒有無盡的體力。
有的只剩下無窮無盡的憤怒。
他再次見到了雅典娜。
雅典娜理解天賦者的苦，
天賦者痛恨天神的虛偽。
雅典娜收走了混沌之刃，
賜予他流亡劍，
他還有最後的使命，
幹掉宙斯，
還人類以安寧。
天賦者已經無法再思考，
他打開紅寶箱，
收集能量，
拿走蛇髮魔女的眼睛，

他已經不在乎使命是什麼，
謊言是什麼，
他只想讓自己重新變得強大，
快速升級，
再次有能力站到天神面前！
到時候，
做自己想做的，
放肆一切！
神殿之前，
天賦者接受斯巴達軍團，
形成盾陣。
別人的痛苦和怨念，
就是無窮無盡的能量。
加油吧，
千瘡百孔的天賦者。
人生在世，
誰沒有幾番痛苦？
如果有能力，
不再只是自怨自艾，
而是可以去做些什麼。
那就好過很多人了。
是蛇是人的美杜莎，
一旦被她纏住，
就會失血，
她的妖嬈，
她的誘惑，
都是致命的毒藥！

只要打倒她，

就可以把所有敵人石化住！

天賦者開啟盾陣，

同時攻擊。

燈火泯滅的剎那，

隨著美杜莎的頭被砍下，

一聲慘叫中，

月光的倒影下，

天賦者單薄的身影安然無恙地站立。

幾個翻滾，

幾個補給，

天賦者會看到一個被困千年的樹怪。

是的，

結束之前的高潮迭起，

會是殺戮的不計其數。

說不清是天賦者造下的冤孽，

還是被迫造下的冤孽。

總之，

一代輝煌，

勢必要由一部分陰影構造。

這是守恆定律。

也是歷史明鑑。

願你，

願我，

不會成為憤怒的天賦者。

跌入這謊言的地獄不能超生。

《光榮行動》

血肉之軀，

彷彿格外脆弱，

一道傷口，

輕易地能夠出現。

一記白眼，

就可以在心裡種下陰霾。

最柔軟的所在，

最敏感的感知，

沒有尖利的獠牙，

沒有可怕的利爪，

在廣袤的大地上，

卻成為了主宰者。

多少都有些不可思議。

可如果你也附和，

說明你和我一樣，

差點忘記了堅固強大的地方，

那就是脖子上方的智慧。

沒有天生的獠牙和利爪，

後天可以製造出比獠牙還有利爪更可怕的武器來。

這就是，

真正的強大。

這就是，

主宰者能成為主宰者真正的原因。

說到智慧，

可想而知，

智慧是伴隨著欲望的。

太過聰明的我們，

希望得到這個世界上一切最好的存在。

你一定認同我的說法的。

因為在一個叫錫拉的殖民地星球，

也證實了我的這一點。

殖民地因為一種能源而繁榮，

有著各自思想的人們自然不會不甘心──

只有一個統治者的政府。

當一個獨立聯盟和掌權者發生了衝突，

內戰不可避免地發生了。

獨立聯盟製作出一個叫黎明之錘的神器，

那時先進的思想止於圖紙。

還沒來得及做成真的，

就被掌權者打敗，

搶到了這份創意。

沒辦法，

比起掌權者的維安政府，

新興出現的獨立聯盟，

實在是太稚嫩了。

所以，這份創意命中註定，

在掌權者的完善下成形。

或許那個時候，

人們都還想不到，

以為真正的敵人就在彼此之間，

隨著一場內戰已然結束。

他們誰都沒有想到，

真正的敵人，

從地表之下而來。

以不可思議的形式存在。

他半獸半人，

簡稱獸人。

屠殺人類輕而易舉，

人類被打的節節敗退也成了輕而易舉，

為了不讓對方得到城市和資源，

無奈的掌權者，

只能用黎明之錘來一場自我毀滅！

造就黎明之錘的，

是一位充滿科學智慧的老者。

當生靈塗炭，

一切即將化為須有，

掌權者為了救自己的父親，

而被送上軍事法庭，

審判入獄。

自此，

人類文明，

全部清零。

黎明之錘的殘缺光芒，

仍然在隱隱發亮。

直到後來，

這位科學家被朋友拯救出來，
拯救人類的光榮行動，
才連上之前的殘缺光芒，
要重新復蘇了。
或許，
人類有一個隱形武器，
是公開的秘密，
也是大家都不願提起的。
那就是情感。
愛可以生萬物，
也可以滅萬物。
比起嚴謹的科學，
超脫的魔法，
無邊無際的黑暗，
更沒有束縛力，
也更沒有極限所在。
當垂垂老矣的老者被救出，
牽掛著坐牢的兒子，
而他朋友在全心全意地羨慕著他，
至少他知道自己的兒子在哪裡，
他卻失去了妻子的下落。
心病逐漸發酵，
思念越來越重，
心病還需心藥醫，
一行人回到了獸人的所在，
尋找著那位可憐的妻子。

朋友終於找到了心愛的她，
卻發現她已經被折磨的不成人形，
神志不清。
再也沒有比親眼目睹心愛之人生不如死，
還要更痛苦的了。
無奈，
親手結束愛人的生命，
是朋友痛哭流涕的選擇。
不是選擇的選擇！
這似乎已經註定了他悲傷的色彩。
失去心愛的人，
活著和死了便沒什麼區別。
最後當一行人被獸人圍攻陷入絕境的時候，
他選擇犧牲了自己，
救了他們。
請不要把他想的過於偉大。
他其實成全了拯救人類文明希望的同時，
也成全了自己。

———

微笑赴死，只為可以和妻子團聚。
在那個再也沒有分離和痛苦的地方，
看著老友們拿下勝利，
滅掉獸人女王。
重新還以星球一片生機盎然！
是的，
早已經不記得是從哪一天開始，

城市沒有正常的秩序可言，

街道上陳屍遍野，

空氣裡穿梭著榴彈，

不絕於耳的機槍掃射的聲音，

代表著死亡和突圍。

在一片槍林彈雨的灰暗裡，

堆積的沙包，

黑色的軍服，

一堵堵人牆，

殘破廢墟中，

黑白灰，

佔據了主導，

每個拿著武器的人，

已經麻木，

只有往前，

面對強大的敵人，

只有往前！

往前生死概率，

各占一半！

集合之下，

服從就是一切！

射擊吧！

沒有捷徑可言！

如果你選擇扔手榴彈炸掉獸人坑道，

那你就會暴露在他們的火力網下；

如果你為了安全放任自己這邊的坍塌，

数量增倍的獸人就會撲面而來；

就算你中途只是想飛快地穿過一條街道，

你也會被隨時射死倒下；

黑夜蝙蝠的降臨，

你一個不小心也會成為獵物；

噩夢，

這個城市在真正的敵人來臨之後，

就到處散落著噩夢。

你隨便拾起一個，

都不會再見到第二天的太陽。

即便那太陽，

也是在混沌之中的。

戰鬥的酣暢淋漓，

從你手裡已經無法放下騎兵突擊步槍，

專注於換彈和良好的手感，

不知不覺中，

你就是這星球中保家衛國的一員，

害怕的感覺，

被一次次僥倖逃掉的存活所替代，

絕望的感覺，

被一次次反敗為勝的刺激所替代，

正面對抗地龍獸，

只要沒有倒下，

你就擁有殺傷力巨大的武器，

來對抗死而不僵的獸人，

從炸掉獸人穴，

到和獸人女王正面 PK。
從只是簡單的無往不前，
到人性的糾葛，
為了保護所愛的人，
同隊的戰友，
又或者是為了被守護的犧牲，
讓戰鬥變得更有血有肉，
更多的彈痕，
更多的血跡，
是硬派哲學。
把獸兵炸成血塊，
不是血腥，
而是復仇的快感；
狙擊槍爆頭，
不是血腥，
而是技術的炫耀；
散彈槍近距離射出血塊，
是不手軟的連帶反應。
你要相信，
硬派哲學，
不是簡單的殺戮。
而是殺戮之下，
對真善美最柔軟的保護！
因為女獸人太狂暴了，
刀槍不進，
橫衝直撞，

可以根據聲音而迅速分辨方向，

腎上腺素狂飆之下，

你可以真正體會到什麼叫做——

生死一瞬！

當浩浩蕩蕩的獸人過場畫面，

你躲在傾斜的電線杆後邊偷偷瞥到，

聽著他們肅殺的腳步聲，

你可以真正體會到什麼叫做——

心跳加快！

末世的淒涼，和孤獨，

就像油畫右上角的一輪日落，

有多燦爛的餘暉，

就有多悲涼的色彩。

請不用懷疑，

一切的怪物，

說到底，

也都是由人類自己產生的。

這就是貪欲的結果，

看起來有點像人類卻是個怪物的女獸人，

當初也只是研究所一個小小的研究對象，

管理不善，

過分研究，

導致了獸人的洩露。

反而成了人類災難的來源。

這樣的自作自受，

總是要有人買單的。

也總是要有人在其中充當悲情角色的。

因為只有這樣，

只有付出血的代價，

才能修改錯誤，

才能讓疾馳的火車有轉彎的餘地，

這就是宇宙之中，

最偉大的守恆定律。

那個尋找妻子的朋友，

便是這樣一個擔當。

梅西鎮上，

被包圍的千鈞一髮之際，

他開著油料車向敵人衝去。

選擇和敵人一起覆滅。

火光沖天的一剎那，

他的生命走到了盡頭，

悲情衝上了頂峰。

他選擇了保全戰友，

解脫自己。

之所以是選擇，

是因為他不是只有這一條路可以走。

他可是和戰友一起拿著步槍，

就敢和巨龍首還有潛地獸正面剛的角色啊！

他怎麼會怕這短短的，

一時之間的圍攻呢？

他只是在喪妻之後，

沒有了活下去的動力。

這個世界，

沒有給他繼續生存的理由。

他留給這個世界最後的一句話是：

瑪利亞，我會再次找到你，

我的愛人。

夕陽下，

光撒在早已經看不出顏色的衣服上，

充滿汗水和傷口的臂膀上，

戰爭不會停歇。

如同獸人的瘋狂，

和人類的欲望一般。

可是存活下來的每一個人，

都沒有放棄的權利。

他們的眼睛裡，

都是要繼續戰鬥的殺伐決斷。

倒下的人太多，

城市裡流淌的血液也太多。

多到多你一個不多，

少你一個不少的程度。

鬱鬱蔥蔥的綠化內，

高樓建築，

平房矮牆，

無一倖免，

又沒有誰是絕對無辜的。

不僅有肌肉硬漢，

也有女性柔情。

家園受到威脅的時候，

就是一隻經過的飛鳥，

都是屬於戰場的。

電鋸切割，

掩體射擊，

鏈鋸打架，

危險絕對，

只要膝蓋沒有受傷，

就要站立在火光之中，

把戰爭線往前拉長！

別想太多，

你可以陷在悲情色彩裡，

你可以為了哪個戰友的離去而短暫難過一下，

可是你別想太多，

因為時間被射擊成碎片，

隨處可拾，

就是沒有給你想太多的空間。

你要做的，

便是把這些時間留在換彈上面，

射擊獸人上面，

在掩體後邊短暫休息儲備體力上面。

奄奄一息的戰友倒在地上想和你說最後的遺言，

你甚至都沒有時間去一個一個地記錄。

做兩秒的目光告別，

便要收拾一下去往下一個戰場。

因為——

為女王效力的獸人們，
他們可不會在這裡悲天憫人，
給你喘息的機會。
利用地形進行陣地戰，
配合隊友視角，
把手雷投進獸人的洞穴，
後坐力十足的機槍台，
左右包抄，
匯合到敵軍陣地，
如廊包抄，
解救戰友，
還要接觸和適應新武器，
隨著對方火力的不同，
還要調節抗擊能力，
工廠裡的獸人戰士和流彈兵，
需要利用掩體好好消滅，
穿過前哨基地，
遇到在黑暗裡張狂的夜蝠，
需要找到光源才能避開攻擊，
利用沿路的瓦斯罐子，
聲東擊西，
偷拿彈藥，
切換駕駛和攻擊的兩種狀態。
不入虎穴焉得虎子，
經過一番致命的旅程，
終將抵達黎明前的黑暗。

高難度下的生存，

必須集中力量攻其腹部軟肋的憤怒巨獸。

難以攻克的煉油廠，

只是冰山一角。

淪陷前的理想殿堂，

需要孤注一擲的光子列車……

瞧！

太多的阻礙了！

太多的陷阱了！

太多需要佔據時間來做的正經事了！

危機四起，

訓練加持。

夜色裡的廢棄醫院，

又是短暫停歇之後的新一幕戰地。

補給彈藥，

偷偷潛伏在黑暗中的獸兵，

見一個打一個。

來兩個，死一雙。

你還要分辨不用搭理也可以的掠奪獸，

就像不是每一個探出黑暗的腦袋都是敵人一樣。

麻木的進擊裡也要帶一些智慧。

中央大街的巨型直升機，

特別酷炫地給予生的希望。

給人一種錯覺，

站在地面上的每個人，

是自願入戰，

而不是被迫去戰。

只夠一輛重逢車過去的大橋，

必須要在快要到大橋之前，

對準獸人重逢車的駕駛座，

瘋狂射擊！

幹掉最後一隻巨龍首，

殺出一條血路來。

兩邊的房屋透著死亡的氣息，

遠處的朦朧，

高塔在朦朧裡若隱若現，

衝過去之後，

也看不到駛向何方。

風如刀，

割在臉上，

打在嘴巴，

看不見，

說不出。

漆黑的隧道，

仰仗衝鋒車的探照燈，

會看到匍匐在兩邊的爆雷獸，

當終於衝出隧道，

漫天的烏雲，

彷彿快要下雨了。

隨之而來的藤樹的藤蔓交織的網，

把天空四分五裂，

像是籠罩著你的囚籠，

成為了困獸。

陡峭的岩石，

堅硬如鐵的過道，

走過去就是生機，

不走過去也未必是死亡，

或許是絕地反擊。

割斷滕樹，

操作鑽地機器，

用機槍挑著紅色果實來引導岩蟲，

成為自己的掩體，

步步為營。

你可以發現，

到了絕境，

會逼得人，

智商爆表。

任何微小的細節，

都是制勝的關鍵。

所以，

從生疏開始，

從不會拿槍開始，

從接受了平靜被打破開始，

加入到這場光榮行動中。

你會發現，

有新的故事在等你。

那故事有硝煙的味道，

有血液的氣息，

還有未死的榮光。

手柄解鎖：遊戲詩歌集

作　者／米高貓
內文插圖／stock.adobe.com File #: 263385687 By SpicyTruffel, File #: 290645520 By Eucalyp
美術編輯／了凡製書坊
責任編輯／twohorses
企畫選書人／賈俊國

總 編 輯／賈俊國
副總編輯／蘇士尹
編　　輯／高懿萩
行銷企畫／張莉榮　蕭羽猜　黃欣

發 行 人／何飛鵬
法律顧問／元禾法律事務所王子文律師
出　　版／布克文化出版事業部
　　　　　台北市中山區民生東路二段 141 號 8 樓
　　　　　電話：(02)2500-7008　傳真：(02)2502-7676
　　　　　Email：sbooker.service@cite.com.tw
發　　行／英屬蓋曼群島商家庭傳媒股份有限公司城邦分公司
　　　　　台北市中山區民生東路二段 141 號 2 樓
　　　　　書虫客服服務專線：(02)2500-7718；2500-7719
　　　　　24 小時傳真專線：(02)2500-1990；2500-1991
　　　　　劃撥帳號：19863813；戶名：書虫股份有限公司
　　　　　讀者服務信箱：service@readingclub.com.tw
香港發行所／城邦（香港）出版集團有限公司
　　　　　香港灣仔駱克道 193 號東超商業中心 1 樓
　　　　　電話：+852-2508-6231　　傳真：+852-2578-9337
　　　　　Email：hkcite@biznetvigator.com
馬新發行所／城邦（馬新）出版集團 Cité (M) Sdn. Bhd.
　　　　　41, Jalan Radin Anum, Bandar Baru Sri Petaling,
　　　　　57000 Kuala Lumpur, Malaysia
　　　　　電話：+603- 9057-8822　　傳真：+603- 9057-6622
　　　　　Email：cite@cite.com.my
印　　刷／韋懋實業有限公司
初　　版／2022 年 5 月
定　　價／450 元
ＩＳＢＮ／978-626-7126-27-1
ＥＩＳＢＮ／9786267126318（EPUB）

© 本著作之全球中文版（繁體版）為布克文化版權所有・翻印必究

城邦讀書花園　布克文化
www.cite.com.tw　www.sbooker.com.tw